撿到潛力股相公 下

文創風 1110

晏梨 著

目錄

第十一章

「我說，妳一大早守在這裡等我，就是為了給我送這些東西？」

四月過半，日頭熱了起來，蕓娘站在國公府外一處陰涼的角落裡，把背上的筐子卸下來，從裡面倒出來好些土春筍、鮮魚，還有隻活蹦亂跳的大鵝。

她一抹頭上的薄汗。「這都是我自己去鄉下收的，汴京城裡的東西又貴還又不新鮮，你瞧瞧這鵝……」

「行行行。」

李三郎擺了擺袖子，對身旁的僕人道：「愣著幹麼，收禮啊。」

僕人喏喏地點點頭，追著那隻大鵝滿地跑，一時間好不熱鬧。

李三郎說完，又扭頭看向蕓娘，狐疑地道：「說吧，妳無事不登三寶殿，送禮幹什麼？是不是終於覺得顧言靠不住，想就殿試那事來求求我國公府？我可跟妳說，不管顧言將來坐什麼位置，我國公府不摻和顧家那灘渾水。」

蕓娘一言難盡地看向李三郎，他們這些當官的就是心眼多，她來是為了那天譚春兒的事。

那一日在國公府，她報了前世被陸安歌算計的仇，心裡舒坦了幾天，但回頭一想，到底前世李三郎也活得好好的，這一世被捲了進來，雖說也怪李三郎自己醉酒誤事，但她覺得多少有些過意不去，所以才特意從農莊費心收了些野味時令送過來。

只是她知道不能對李三郎實話實說，估計她要真說了，李三郎會更氣。

她頓了下，看了眼李三郎，清了清嗓子。

「也沒什麼，就是謝上回西李莊田的事，沒有你，田也要不回來，所以特地來謝謝你，哦，顧言也這麼說。」

「顧言也這麼說？」李三郎斜睨了她一眼。「我怎麼不太相信呢，他那性子哪會理會這些。」

這話說得也算實在，蕓娘眨了眨眼。「顧言那個性子就是冷了些，心裡頭可熱呼著呢。」

李三郎嘴角抽了抽。

「行了行了，我也不是幫他，說到底是為了我姑母，我國公府出去的人就算人走茶涼了，也不能叫人欺負了去。」

話都說完了，禮也送了，蕓娘並不糾纏，轉身正要走，眼角餘光望到了側門處的紅轎子。

那轎子沈甸甸，晃晃悠悠的，顯然裡頭坐著人，似乎隱約還能聽見些哭聲。

「晦氣！當這是什麼地方。」

李三郎陰沈著臉正要上前，被蕓娘一把扯住。巧了不是，今天她給李三郎送東西，竟然正趕上譚春兒進府。

她目光一瞥，看到送轎的人站在一旁等著，不是那陸安歌還有誰？

她戴著帷帽正指使著下人把成箱的東西往國公府抬，到底譚春兒也是官家小姐出身，有些財物傍身，不然趙氏也不可能收留她這麼久。

那些箱子晃晃悠悠，不知裝了些什麼，看起來倒是意外沈重。

轎子無聲無息的抬進了國公府，只見陸安歌轉身，另一輛馬車出現在側門陰影裡，從馬車上下來一個人，攞上腳凳，兩人交談了幾句，陸安歌便坐上了馬車，馬車漸漸隱沒在市集人群中。

「嘖……景王的人。」

蕓娘猛然抬頭，納悶地看向李三郎。

「什麼景王的人？」

李三郎低聲道：「她那車伕是景王的人，曾在巡撫司當過兵，我見過。」說完，悠悠看向她。

「妳可知那女子和譚春兒是什麼關係？」

「按理說她是陸家的小姐，也就是譚春兒的表姊。」蕓娘給李三郎解釋道。

「陸家？景王？」

李三郎冷冷一笑。

「老子就說，那天的事哪有這麼湊巧。」

說完，他氣沖沖拔腿要走，可突然身子一頓，回身瞥了眼蕓娘。

「妳回去告訴顧言，國公府若是出了事，他殿試也跑不了，待我查清楚那譚春兒在搞什麼鬼之後，我自會去找他。」

蕓娘聽得心驚肉跳，上一世裕王和景王的皇位之爭鬧得翻天覆地，到她死的時候都沒個結果，雖說這兩王爺都不是什麼好人，尤其那景王格外殘暴，有傳聞他為了討老皇帝歡心，曾下令建了個血池，只為益壽延年，陸安歌布的局要是和景王有關，怕是不會輕易善了了。

蕓娘快步走回家，想把李三郎這事告訴顧言，可剛到家門口，就見方才出現在國公府外那輛眼熟的馬車停在門外，一個人掀開簾子看向她。

「妹妹，我等妳很久了，有故人從漳州來了，正在陸府做客呢，有機會妳可別忘了去見一見。」

故人？

蕓娘眼皮一跳，她的故人除了養父的爛賭棍兄弟沈海之外也沒別人了，她硬邦邦回道：「我沒什麼故人，也無舊可敘。」

這些話似乎也早在陸安歌意料之中，她下了馬車，身子傾向蕓娘，壓下一片不透氣的陰影，輕聲對她說：「蕓娘，大多數人的命，生來就不是掌握在自己手裡，尤其像妳這種，無權無勢、無依無靠的人，活著就如一粒不起眼的沙子，妳說，這世上少妳一個、多妳一個又有什麼差別呢？」

這些話劈頭蓋臉地砸在蕓娘心裡，上一世她就是把這些話聽進去了，因此自怨自艾，因著這些話畏畏縮縮，別人瞧不起她，連她也瞧不起自己。

如今重活一世，蕓娘一路同顧言從盧縣的小鄉村來到這裡，經歷了種種，也積攢了些底氣，連顧言都說了，這世上女子雖多，可她陸蕓只有一個，她不是一無是處，再說將來她還要做首輔夫人呢，那是頂厲害的。

這麼想著，蕓娘頓時心裡充滿了前世沒有的勇氣。

她揚起臉，對著來人道：「是，我是一粒沙，可積沙也能成塔。就算妳百般貶低我，這輩子除了我自己，沒有人能替我決定命運。」

陸安歌目光幽深地看著她，像剛聽了個笑話一般，眼裡多是不屑。

蕓娘不再看她，轉身朝著家門口走去，腳下正要跨過門檻，一道嬌柔的聲音在背後響起——

「陸蕓，妳一路走來也算命大，國公府的事都叫妳逃脫了，可這回關於妳身分戶籍之事，陸家已經上報巡城御史，到時開案審理，有沈海做人證，妳恐怕就非得回陸家不可了……啊對了，還有妳成親的事，妳戶籍有問題，成親自然也是不作數的。」那話音一頓，又一字一句道：「後日，我們公署見。」

蕓娘轉過頭，只望見那馬車漸漸隱去在西落的日頭裡。

不知站了多久，直到日頭漸漸落入雲下，霞光都看不大清了，帶著涼氣的夜風吹來，蕓娘依舊呆呆地站著，內心還在為陸安歌的話感到不安。

一陣馬車的聲音從旁邊傳來，馬蹄聲停了下來。

「怎麼站在這裡？」

蕓娘轉過頭，只見顧言下車，穿著一身青衣長衫，似帶著些春末夏初的青木香氣，撲面而來。

他垂眼看著她的神色，似乎瞧出些什麼。

「怎麼了？」

「沒、沒。」蕓娘眨了眨眼，扯出個笑。「餓了吧，我去做飯。」

夜色來臨，屋子裡，油燈的光亮映在白瓷的碗邊，蕓娘望著那燈芯明滅，只覺得彷彿跟自己現在的處境一樣，手裡的勺子攪了幾下，冒著熱氣湊到嘴邊，直到一股滾燙的觸覺從舌尖蔓延過來，火燒火燎地疼。

顧言抬眼，見蕓娘五官皺在一處，皺著眉頭，起身將帕子遞到她嘴邊。

「吐出來。」

蕓娘搖搖頭，支支吾吾半天，脹紅著臉硬生生把那口粥嚥下喉嚨眼裡，含糊的說：「唔，不能浪費糧食。」

顧言瞥了她一眼，抬手從一旁壺裡倒了杯涼水，把杯口湊到她嘴邊。

蕓娘就著他的手抿了口，只覺得一陣清涼，剛抬眼，他的手指又伸到眼皮底下。

「張嘴。」

蕓娘下意識地張開口，他的手指擦過唇邊，她愣了下，只覺得那指腹格外柔軟，沒來由的又想到了那天他讓她說喜歡他的事，可還沒來得及細想，嘴裡冰冰涼涼的感覺蔓延開來。

她含糊地問：「蝦麼東西？」

顧言摩挲著指尖，一挑眉。「甘草黃連片。」

光聽名字就苦到家了，果然一陣苦澀在舌尖漫開，蕓娘皺著小臉，可還沒等這苦味過去，就被顧言捏起了下巴尖，固定住她的視線，她望著眼前站著的人，從高俯低看著她。

顧言這副不笑的模樣有些嚇人，不是表情的問題，是骨子裡透出來的氣勢，他這人看起來雲淡風輕的，可接觸久了才知強勢得緊。

「說吧，心不在焉的，到底什麼事？」

蕓娘表情糾結起來，想到陸安歌說的身分戶籍那事，不知道怎麼開口。

顧言見她這副模樣，眉頭蹙起，眼神冷然。

「今日妳去給李三郎送東西，難道他又欺負妳了？」

「沒、沒。」

蕓娘急忙搖搖頭，這李三郎屬實是招人恨的體質，凡事容易想到他身上。

不過，她突然想到在國公府門口見到的那檔事，連忙對顧言道：「對了，說來也巧，今日我去送禮的時候正好趕上譚春兒入府，是陸安歌送她去的，李三郎說陸安歌身邊似乎有景王的人。」

「景王？」顧言臉色嚴肅起來，眉頭緊蹙。「他可確定？」

蕓娘點點頭，急忙把話轉述道：「李三郎說，陸安歌的車伕曾在巡撫司當職，他見過。後來他便說要回去查查那譚春兒的底細，還讓我傳話給你，說若是國公府出了問題，恐危及你殿試。」

顧言蹙起眉頭，半晌沒吭聲，蕓娘覷著顧言臉色。

「可是有什麼問題嗎？」

顧言撩起眼皮。

「妳知道，建元年初太子造反那夜，也是巡撫司先接到消息趕到的嗎？」

蕓娘一怔，一時間沒反應過來。

觸及這種秘辛，顧言似也不欲再多言，只是看了她一眼，淡淡道：「沒什麼，還是說回來妳今日到底是怎麼了，應該不是因為景王的事吧。」

她哪懂什麼這個王那個王的國家大事啊，蕓娘小臉一垮，深深嘆口氣道：「其實就還是陸家的事，剛才陸安歌特地在門口等我回來，為的就是警告我，她說沈海進京了，現在人就在他們陸家，他們還打算上告官府，強迫將我的戶籍落在陸家。」

她抿了抿嘴，連自己都沒發現自己的話音裡帶著幾分委屈。「她還說，若是改了戶籍，那我們的婚書也就不算數了。」

顧言鬆開手，微微垂下眼。

「就這些？」

蕓娘睜大杏眼望向顧言，什麼叫就這些？他怎麼聽到婚書不作數一點反應都沒有？

她兩腮氣鼓鼓地鼓起來，像隻炸毛了的狸貓。

「顧言，你是不是早盼著那婚書不算數呢，我跟你說，不可能！」

顧言一挑眉，看她這副模樣，眼角有些笑意，轉身拿起銀梗挑了幾下燈芯，隨著他的撥弄，那盞油燈更燃起來，將屋子照得更亮了。

他把油燈放在她面前。

「光處不藏黑，自己倒是把自己嚇得不輕。」

蕓娘看著他這副氣定神閒的模樣，心道顧言肯定是有法子的，她問：「那過幾日若真如陸安歌所說，公署讓我去和沈海對質，我該怎麼說？」

「認了。」

「認了？」蕓娘聲音提高幾分。「那我不是就得回陸家？」

「妳本就是陸家人，自然是要認祖歸宗，但不用回陸家。」

「別繞圈子了，快說清楚，為什麼我不用回去？」

顧言瞥了她一眼，把微涼些的粥碗重新推到她面前，示意她邊吃，而他則緩緩道：「其一，我不是白身，妳我不能輕易解除婚約。其二，倒是可以藉著這次公堂對質，揭發陸家有人要害妳的事，把事情鬧大，讓那些人有所忌憚，便不敢再輕易動手，總之，人到齊了也好辦事。」

蕓娘微微蹙起眉頭，透過燈光望向他。

「你的意思是……」

顧言一挑眉。

「既然沈海也在，以前那些事也該算一算了。」

蕓娘眉頭越皺越深，一樁陳年舊事翻湧上心頭，想到阿爹臨終前要她答應的事，心裡有些糾結。

顧言注意到她這副模樣，輕聲問：「那沈海可還有什麼問題？」

「沒……只是……」蕓娘抬起頭望向顧言，咬了咬唇。「顧言，其實當年我養父的死與沈海有關。」

清晨，一輛馬車晃晃悠悠從陸家出來，穿過街巷，輕車熟路地朝著鬧市街坊裡一處駛去，鑽到了一條不起眼的巷子，車上的人下來再乘上另一輛馬車，一打馬掠過十字路口，朝著市集更裡面的街坊鑽進去。

隔了不遠處，一輛馬車跟在後面，蕓娘掀開簾子確認了地點，回頭道：「顧言，你說陸安歌打算要去哪兒，這麼大費周章的？」

「大概還是去某個市集暗巷吧，景王多疑，若是他讓手底下人做事，多愛如此掩人耳目的手法。」

顧言頓了下，而後說道：「昨日，我讓王伯去舊交的守城官那裡打聽了，沈海是進了京，可不在陸府。」

蕓娘蹙起眉頭。「你是說……陸安歌把他安排到了別處？」

「她一個閨閣女子能有什麼辦法？」顧言瞥了她一眼。「多半還是景王的地方。」

馬車跟著駛到汴河一處碼頭邊，碼頭後是成堆交錯的低窪巷子，巷子裡堆著三三兩兩雜物，因著此處沒有排污，從裡面吹出來的風帶著些腥味和霉味，偶爾有三兩孩童在巷子裡光腳跑。

蕓娘坐在馬車上，在巷口觀望一陣，聽得棚屋裡一些曲調和嘈雜聲傳出來，這裡居住的都是外來客商和苦力，是最好的隱匿地點。

就在此時，只見前面陸安歌下馬車後，四下打量，入了一條胡同。她在一間棚子前停了下來，伸手敲了敲門，房門一打開，她立即閃了進去。

片刻之後，蕓娘看到陸安歌從門裡出來，上了馬車，揚長而去。

「應該就是這兒了。」

蕓娘正要下車，顧言拉住她。

「不急。」說完，他對著前面的車伕吩咐道：「若是我們半炷香沒出來，拿著這玉珮去國公府找李三郎，說是景王有異，國公府有難，他自然會來。」

說完這些，他才和蕓娘下車，慎重交代道：「小心點，不對勁就走，不要硬碰硬。」

蕓娘點點頭，心跳得極快。

她走到剛剛鎖定的棚子前，在門外就聽到了骰子的聲音，原來這竟然是一處賭場。

她抬手，敲了敲門。

「誰啊？」

門拉開一條縫，那守門的人狐疑地看著她和身後的顧言，似因為他們是陌生面孔，格外警戒。

蕓娘眼睛一轉，笑了笑。

「我是陸小姐派來的，她說剛才落了東西，讓我回來取。」

那人遲疑地拉開門，蕓娘強裝鎮定走了進去，只見裡頭是一個頗為寬敞的大屋，光線昏暗，十幾人聚在長桌上賭錢，個個都紅著眼，身旁堆滿了銅錢。

「這邊走。」

有人領著他們倆往前走，蕓娘一往前卻撞到了個人。

「媽了個巴子……」

那人猛然回首，嘴裡的話還沒說完，看清來人，眼睛突然睜大，驚恐道：「陸、陸蕓……」

這人不是別人，正是她要找的沈海！

沈海伸手推開桌子上的錢，轉身就想跑，顧言一把抓住他的衣領，蕓娘也急忙握住他的手腕，沈海放開嗓門大喊：「來人啊！救命啊！」

話音將落，從院子裡聚集來幾十個黑衣人，剛才進門的時候都不知道這些人藏在哪裡的。

「敢來鬧事，你們都別想活著出去！」

顧言擋在蕓娘面前，掃過這些人手裡的橫刀，和那黑衣之下隱隱約約可見的盔甲，一瞬間，賭坊的嘈雜喧囂聲突然間清空。

沈海被擒著領子，睜著驚恐的眼，手腳並用地不停撲騰掙扎，蕓娘眉頭一皺，看他這般不老實，怕真的被他掙脫跑掉，索性揪住他的領子，將他雙手向後一扭，跟擰雞仔一樣扯到眼前。

沈海兩腮抖動，眼裡只剩驚恐，餘光瞟向外圈的黑衣人，猛地站起來，瘋了一樣向前跑。

蕓娘急忙想去抓他，可一把刀竟朝她砍來，她的手腕突地被一拉，整個人向後退了幾步，顧言馬上擋在她面前。

只見那些黑衣人團團逼近，蕓娘心裡一凜，擔心起顧言來，她四下一瞥，撿起一根抵門木條，低聲道：「顧言，我力氣大先擋著，一會兒亂起來，你就乘機跑。」

顧言蹙起眉頭，拉住她的手。「不用，時候差不多了。」

「什麼差不多？」

蕓娘聽到這話還沒反應過來，一支箭劃破凌空直接射中最接近他們的黑衣人，抬起頭只見院子牆頭上已架起密密麻麻的箭弩，門被撞開，一群護衛破門而入，當中只見李三郎抓著沈海的衣領往裡一推。

「國公府李延，爾等賊寇，殺！」

話音將落，黑衣人來不及逃散，就被門邊湧進來的人衝了個七零八落，一時間刀光劍影，只聽見兵器相接的廝殺聲。

可到底李三郎這邊人多勢眾，蕓娘只覺得不過是眨眼間，那些黑影就倒下，只剩下滿院子的屍體，護衛在一旁收拾殘局。

李三郎收了弓，抬腳踢了踢地上的人，對著顧言道：「我接到你消息的時候還不大信，沒想到這麼個破地方還真藏著這些人。」

顧言俯下身，翻了翻黑衣人的衣物，李三郎皺著眉頭看向他。

「怎麼，哪裡不對嗎？」

天色陰沈沈的，顧言沒抬頭，臉色壓在這陰天裡，不辨喜怒地淡淡道：「肩上有繭是穿盔甲所致，大腿有磨痕是常年騎馬，我沒猜錯，這些人是兵，還是騎兵。」

說著，他鬆開手，摩挲了下指尖，感覺剛翻動衣物留下了些粗礫。

「黃沙？」

李三郎神色一凜，臉上布滿寒霜，眼裡冒著光，望向顧言。

「騎兵、黃沙，這些人難不成是西北邊軍？」

顧言眉頭也皺起來，還想說什麼，只聽身後風中傳來男人陣陣哀嚎聲，打斷了兩人的談話。

「我錯了，蕓娘！看在我兄弟養妳到這麼大的情分上，給我條活路吧！」

李三郎順著這聲音望去，院子的角落裡，逃跑不成的一個臃腫中年漢子跪伏在地上，涕泗橫流，好不狼狽，而他面前的年輕姑娘，只那麼站著，冷冷看著地上的人。

李三郎皺起眉頭，覷著顧言道：「誒，那是她什麼人？」

顧言抬眼，目光縈繞在女子身上，淡淡道：「她大伯。」

李三郎有些意外，攢著手道：「原來她還有親戚在京城，看她力氣大得嚇人，還以為她是從石頭縫裡蹦出來的，不過，她這大伯也實在不像樣，怎麼跟這些人混在一起？」

「不是親生的。」顧言目光沒收回，只淡淡道：「蕓娘父母沒養過她，她是被人收養長大的。」

聽到這話，李三郎收起了些玩世不恭，不由得認真多看了蕓娘兩眼，輕聲嘟囔了句。

「難怪。」

院子裡的一角，蕓娘站在牆根，俯視著眼前痛哭的沈海，思緒也從剛剛的慌亂中緩過來。

她冷靜地開口。「我聽陸安歌說，你要去公署作證說我身世之事？」

伏在地上的沈海身子一僵，哭得一把鼻涕一把淚。「那、那都是陸家妮子騙我答應的，大伯怎麼會做傷害妳的事……」

「是嗎？」蕓娘瞥了他一眼，冷著臉。「家裡失火那天晚上呢？」

聽到蕓娘提起那一晚的大火，沈海身子一哆嗦，半天說不出話來。

蕓娘語氣漸冷。「你搶我的金鎖，還把我推到火裡，我差點就沒命了。」

「那、那也是陸家指使的……」沈海滿頭大汗的辯解道。

只聽他找到一個話頭，眼睛像隻老鼠一樣四下轉著，把搪塞的假話在嘴裡轉來轉去。

「對，對，都怪陸家，自從他們出現之後，就沒有一件好事，這次上京也是他們找我來的。」

蕓娘聽到這話，心裡一陣冷笑，沈海是個什麼貨色，她最清楚不過了，這一世雖然有陸家攛掇，但沈海本身就是個為了錢財什麼都幹得出的小人。

「蕓娘，妳放過我，我、我發誓，我不會去公署說什麼。」沈海抬起頭，決然道：「我這就走，回村裡去，再也不來京城。」

蕓娘聽著沈海這些話，只覺得好笑，她相信就算今日放過他，只要他還賭還缺錢，來日他又會捲土重來。她就像是他手心盆裡的一捧土，用得著的時候就刮兩下，抖落些事情出來，用不著的時候棄之如敝屣。

蕓娘看向他，冷冷道：「你發的誓已經不可信了。」

她望著陰暗的天空，深呼出一口氣。

「為了霸佔阿爹的房產，你想賣了我、讓我嫁個傻子當媳婦，又幫外人算計我，差點害我死在火場……一直以來，看在我阿爹的情分上，這些我都忍了，可這回你不該這麼貪心，同陸家攪和在一起！」

沈海心裡一驚，混跡賭場多年，讓他對危險的到來異常敏感，他掃視過這四下的情勢和不遠處目光森森的人，膝蓋在土裡往前蹭了兩下，狼狽求饒。

「蕓娘，蕓娘，我只是一時糊塗，妳再放過我一次，千萬別、別讓他們動手。」

「我不會殺你，我答應過我阿爹，留你一命。」

沈海心裡剛鬆下一口氣，只聽蕓娘又道──

「只不過，讓你活著，不是讓你胡作非為，你可還欠我阿爹一條命。」

「什、什麼命……」沈海不可置信地抬起眼，神情有些恐懼。「陸蕓，妳、妳在說什麼……」
蕓娘望向他，眼裡一片冰冷，語氣卻出奇地冷靜。
「我知道阿爹當年的死跟你有關，他是從門前石階摔下去，腦後受傷而亡，可他腿腳不便，平日裡走幾步路都格外小心，怎麼會輕易摔倒？」
沈海嘴唇抖動半天，沒說出些什麼來，蕓娘俯身看著他，斬釘截鐵地說：「那日我親眼看見了，是你把我阿爹從石階上推下來的。」
「我沒有，妳胡說。」沈海臉色慘白地猛搖著頭。
蕓娘不為所動，低沈著嗓音。「沈海，我阿爹是哪裡對不起你？」
沈海睜大眼睛，喃喃道：「不、不可能，當時明明沒人……」
蕓娘眼裡泛著些紅。
「多虧老天爺開眼，讓我那日去市集回來晚了，才正好看見你推倒我阿爹那一幕，他還喊你名字，你不顧他的叫喚朝西邊慌忙逃走的，對嗎？還說我沒看見？我阿爹臨終前不肯多說什麼，只是百般囑託不讓我管，他不想我找你麻煩，可是你呢？沈海，人活著要有良心。」
「妳、妳……」
「而且我還有其他證據，崔曙崔大人是我爹的故友，他來弔唁的時候，我委託他請仵作驗過屍，發現我阿爹身上還有你們拉扯打架留下的痕跡。」

沈海舌頭似乎忘了動，只能僵在那兒，蕓娘一字一句道：「聽說枉死的人都會回來看看自己的家人，大伯，這些年過去了，你可有見到我阿爹？」

沈海聽到這，似乎終是繃不住了，頭上冒著豆大汗珠。「不是，不是我殺的，沈青山不是我殺的！」

他突然大喊一聲，把院子裡的目光都吸引過去，只見他揮舞著手，看著半空中似在對誰解釋，情緒激動。

「小弟，我沒有要殺你，我不是故意推你的，你就再給我一點錢，就一點，等我翻了盤，咱們就能過好日子……」

見他已經神智不清了，李三郎對兩旁的護衛使了個眼色，立即有人上前將他拉住，往嘴裡塞了東西，把人拖了出去。

看著沈海被人帶走，蕓娘回到顧言身邊，從頭到尾聽到對話的李三郎瞥了眼顧言，又看向蕓娘。

「剛妳說的妳阿爹那事……」

蕓娘臉色微沈，緩緩搖搖頭。

「不是真的，我當年沒看到沈海行凶，只是心下存疑，阿爹臨終前我跟他確認了這事，他顧及那點情分，不讓我說就是了。」

顧言牽住她的手，蕓娘笑了笑，抬眼看向他。「我沒事。」

顧言垂下眼，淡淡道：「要是不想再見，等明日之後，殺了便是。」

蕓娘沒吭聲，半晌才道：「真是人善被人欺，我阿爹臨死都想保他，卻沒想到他越來越得寸進尺。」

收拾完院子裡的殘局，天色不早，三人坐上了馬車，晃晃悠悠從那貧民窟的暗坊巷子口駛出來。

「我叫人封鎖了消息，外邊什麼都不知道，不用擔心叫人發現。」

李三郎說完，眉頭皺起來。

「只是奇怪了，巡撫司、西北邊軍、陸家、景王搞這些人是要做什麼？」

聽到這話，蕓娘想起昨日的事，開口問道：「對了，譚春兒那邊你查出來什麼沒有？」

「對了，還真叫我查出些東西來了。」李三郎瞥了兩人一眼，從懷裡掏出一塊玉石。

「我從譚春兒的嫁妝箱子裡搜出了這個玩意兒，上頭還刻著一些我看不懂的字。」

顧言神情一凜，立時將玉石拿到手裡細看，翻來覆去像在辨認什麼。

蕓娘疑惑地問：「顧言，你知道這是什麼？」

「是三召村出的軟白玉，極其罕見，也很難打磨刻字，曾有人出此物做祥瑞獻給聖人。」

「你、你是說……」聽到「祥瑞」二字，李三郎愣了下，倒抽了口涼氣。

顧言抬眼，嚴肅地道：「你想的沒錯，這東西一旦出現在你國公府，就是僭越謀反大罪，上一次出現這東西，是在太子府。」

「自太子府出事那夜過後，那些跟太子府相關的人一部分當場處死，還有一部分就被關在這大理寺刑獄裡……」

王世則領著路低聲說著，帶著顧言和李三郎穿過大理寺前署，一路上小吏紛紛行禮。

「寺丞大人。」

王世則點點頭，略微避開人群，帶著身後人來到一處鐵門牢房前。

他與守牢的皂吏交代了幾句，使了個眼色，皂吏掏出大串的鑰匙打開牢門大鎖，把門向前一推，那鐵門露出一條縫，從裡面傳來一道陰冷的風。

王世則在前面帶路，率先往裡頭走，一邊對顧言和李三郎道：「太子謀反的當口，聖人下旨，把太子府裡的幾百口人都抓到大理寺審訊，當時不少人沒捱過去，倒是有幾個硬氣的到現在還吊著一口氣。」

火把晃悠悠照過潮濕陰冷的石壁，那光忽明忽暗，突然一道明亮的光劃過眼前，王世則將手裡的火把插在角落裡的一處牢房前，轉過頭對他們道：「喏，你要找的太子府匠人就是他了。」

顧言抬眼，只見逼仄陰暗的木檻後吊著一個人影，雙手被緊緊綁在架子上，污穢滿地，沒個人樣。

他緩緩上前幾步，淡淡道：「是三召村出身的匠人吳師傅？」

聽到這話，那人只是微微動了動腦袋，這麼微微一側，更清楚見到他臉上青腫血污糊成一片，很難辨識出原本的模樣。

顧言從懷裡掏出李三郎找出來的軟白玉，遞到他眼前。

「吳師傅可認得此物？」

那人看到這塊玉石，突然有了劇烈反應，只一個勁不住地搖頭。「不……不是……」

「不是什麼？」

顧言皺起眉頭，李三郎聽到這話，也走進來，可那人說完話後又蜷縮起來，似是驚恐於剛才說了話，像一團黑色的影子又隱在這陰暗的牢房裡，倒是一句話也不敢再說了。

顧言垂下眼，打量著眼前人，慢悠悠道：「吳師傅，你可想好了，今日我們尋到這裡，便是想給你謀條生路。」

面前的人低著腦袋一句話也不說，顧言極有耐心道：「若是這白玉祥瑞真是你做的，不止你一人遭殃，還會誅九族。」

顧言說到這裡，臉色映著暗光，陰惻惻道：「你的妻兒父母，全三召村的宗族都會被牽連，一個不剩……」

「他……答應我的。」被綁在架子上的人終於有了反應，他仰起頭，嘴唇外翻，唇邊有著血跡乾涸的痕跡。

「他答應保我全家和三召村村民的……」

顧言眼睛微瞇了瞇，俯身前傾。

「吳師傅，如果那位的話能信，你當我手上的東西是從哪裡來的？不過又是故技重施罷了，來日若那位真登上大典，再沒了任何牽制，你道他真會守諾留下自己的把柄？」

吳匠人僵了下，半晌沒了聲音，只聽得牢裡滴答滴答的水聲，像是在磨著人的耐心，終於，沙啞的聲音再次響起——

「這塊白玉不是我做的，是……有人知道我擅長做軟白玉，特意仿的。天可明鑑，就算……就算借我十顆膽子，我也不敢為太子做這種僭越之物，況且……哪有這麼巧，前腳剛發現，後腳巡撫司就來了……太子性子儒弱，當時也是嚇怕了……」

李三郎聽到這話，神色一凜。

「你說這東西並非出自你手，你可以證明嗎？」

吳匠人緩緩抬起頭，艱難道：「我三召村最擅刻這種白玉，但會在邊角刻一處獨有的暗紋做標記，看不出來，但摸得出來，這也是為了證明東西是從我們這裡出去的，你摸摸這東西，光滑無瑕，自不是我做的。」

這話一說出，幾人都是神色嚴肅，如果這工匠今日說的是實話，那舊太子根本就沒理由謀反，他是中了別人的圈套！

事關重大，王世則看了四下一眼，催促道：「時候不早了，不能在這裡耽誤下去，我們把人先提出去。」

可話音將落，只聽得外頭一陣響動，似是有刀的聲音。

「誰要提人啊？」

李三郎轉頭看清來人，瞇著眼道：「現任巡撫司使都虎，你這條景王的狗怎麼來了？」

都虎掃視過王世則還有他身後的李三郎和那陰影裡看不大清的人影，話音一揚。「好啊，你個小小大理寺丞，竟然敢帶無關閒雜人等進刑獄?!」

王世則倒也沒慌，他掃過這身後巡撫司的兵，哪有這麼巧合的事，他們前腳進來，後腳就跟來，必然是景王那邊得到消息，找過來堵人的。

他冷著面皮回道：「無關人等？我帶什麼人自有三司監察，用得著你巡撫司盤問？」

王世則說完，頓了下，凌厲的目光射向都虎。

「再說，你們巡撫司擅闖大理寺就不算無關人等嗎？好歹我還是個寺丞，審問犯人合情合理，倒是你們來做什麼？是來審我大理寺官員嗎？誰給你們這麼大的權力？」

都虎冷笑一聲。「你少在這扣高帽說嚇唬人的話，這人景王今天要了，給我帶走！」

「我看誰敢？」李三郎站在狹道中間，堵住去路。

都虎掃了他一眼，啐了口唾沫。

「李三郎，你嚇唬別人還成，兄弟是在西北當了八年的兵，實打實軍功爬上來的，我勸你老老實實靠你的清貴武舉人去，別沾今日這事，沾了怕是連你國公府都要拖累了，你說說你祖父那麼大年齡了，還得給你擦屁股，不嫌丟人嗎？」

「狗崽子！」李三郎聽到這話氣得開罵，臉被火把映得通紅。

那都虎一揮手。「來人！」

「慢著。」

一聲清冽的聲音穿透嘈雜，都虎一怔，看向那從陰影中走出來的人。

「你、你是……顧言？」

「都巡使，這麼快就忘了你前任上司王巡使當年是怎麼死的嗎？」

都虎臉色一變。

「做什麼提我大哥？眾所皆知，當年他是被叛黨舊太子殺了的！」

「是嗎？」顧言緩緩走近，站在都虎身前，顧言年齡沒他大，身量卻比他還要高出半個頭，看著他的眼睛，帶著些壓迫的氣勢道：「事情發生的那一夜，你也在太子府吧，我只問你一句話，你親眼見到太子謀反嗎？太子又是否真的是因為謀反而殺了王巡使？」

都虎神色一怔。「我、你……」

顧言看了他一眼，嗤笑道：「都巡使，我記得當年是王巡使力保你調回汴京的，我祖父曾說他沒見過王巡使那麼低聲下氣求過人。可你呢？當了八年西北兵，沒一點血性。」

都虎抬頭看向他，暗光下說不出什麼來，幾人對峙著，似誰都不肯讓步。

終於，過了一會兒，都虎握緊刀把，眼神閃爍幾下，喊了聲。「巳時巡城，走！」

四周響起窸窸窣窣的刀入鞘的聲音，都虎走過顧言面前的時候，顧言聲音淡淡地道：「還有一事，那夜我外祖為何沒勸住太子？」

都虎頓了下，深深地看了顧言一眼，臉上有著難以言明的掙扎，最終一句話極小聲從牙縫裡露出來——

「那晚，我大哥……王巡使獨自進了太子後院，顧閣老一直和我在前院周旋，自始至終，對太子行事並不知情。」

都虎帶著人離開之後，王世則隨即把吳匠人提出牢獄，和顧言及李三郎一起從刑獄出來上了馬車。

馬車到了裕王府外，李三郎瞟了顧言和王世則一眼，掀開車簾道：「以防節外生枝，殿試之前，我先把這人送到裕王府上去，派人嚴加看守。」

說完，便一撩車簾下了車，馬車只停了一會兒，又繼續上路。

王世則看著晃晃蕩蕩的車簾，忍不住提起。「誒，你還別說，自從李三郎上次和你家小娘子比試輸了之後，現在他目中無人的臭脾氣倒是收斂了些。」

說完，等不到顧言的回應，王世則回過頭，只見顧言微微垂下眼，臉色晦暗不明，似乎還在想些什麼，他嘆了口氣。

「還在想刑獄裡的事嗎？煩心什麼？現如今人證也找到了，殿試在即，眼看顧家翻案之日指日可待，這可是天大的好事，怎麼還這樣心思沈沈的？」

「沒。」顧言淡淡地說。

雖然顧言嘴上說著沒有，但王世則心裡明白，心結難解，任誰知道自己全家是被冤枉致死的，都不會好受。

這時，馬車停了下來，王世則一掀開車簾，扭頭就看見巷子裡的人影，回過頭對顧言道：「喲，顧言，你瞧這麼黑的天，你家小娘子又在那兒等著呢。」

顧言聞言望了眼，只見蕓娘提著一盞燈站在家門口，黑夜裡纖瘦的影子拉得長長的。

心裡翻湧起莫名的情愫來，他起身就要撩簾子下車，只不過突然想到了什麼似的，他又回頭對王世則道：「對了，你還得幫我件事。」

暮色四合，白日喧鬧聲被夜風徐徐吹散，院牆內外，四處掌起燈來。

蕓娘低著頭站在顧府大門口，一邊看著腳邊影子的變換，一邊心裡嘀咕顧言怎麼還沒回來，昨天發現那軟白玉後，今日一大早顧言就出門說要去找人查這塊玉的線索，可到了這會兒還不見人回來，難不成出事了？

正胡思亂想著，忽然聽到車轅聲，她心裡一喜，抬起頭，伸著脖子探望來路，只見一個修長的人影緩緩從遠處走來，那雙鳳眼在燈下逐漸清晰起來。

蕓娘鬆了口氣，臉上露出鬆快的笑意，對著來人剛出了個聲。「顧……」話還沒說出口，手上的燈籠落在地上，上面的纏枝蓮紋在火光下糾纏在一起，被滾燙的火舌捲起。

蕓娘被顧言緊緊摟在懷裡，肩膀上落下沈沈重量，鼻尖撲在他的懷裡，四下都是他的氣息，他摟著她的腰，似乎要將她揉進身體裡。

懷抱越來越緊，讓她喘氣都有些困難，耳邊聽著清淺呼吸聲，蕓娘只能悶悶喚出聲。「顧言。」

那雙手摟著她的力度小了些，蕓娘望著身後晃動的樹影，心裡直打鼓，輕輕地問：「今日有結果了嗎？」

「嗯。」他下巴落在她肩上，淡淡應了聲，過了半晌，略帶沙啞疲憊的嗓音在她耳邊響起。「蕓娘……」

她仔細聽著，只聽他一向冷靜的聲音帶著些輕微顫抖——

「我顧家沒反。」

蕓娘怔了下，顧言拉開些距離，微微低下頭，輕聲而堅定地說：「我祖父、父親沒做錯事，我顧家沒造反。」

這話像是說給蕓娘聽，又或是說給他自己聽，抑或是說給世間的其他聲音聽。

說完他看向她，那雙漂亮至極的眼睛裡有絲少見的猶疑。

「妳……信我嗎？」

雖說是因為前世曾經歷過，蕓娘早就知道顧家是被冤枉的，可如今看到顧言自己一步步調查清楚事情的來龍去脈，如釋重負的吐露真心話，很難不讓人動容，這個時候即使是平日裡再堅強的人，也需要一個依靠。

蕓娘抬起臉，看著眼前的人，心裡升起一種微妙的感覺。

頭一次她不覺得自己這麼做是為了錢、為了圖顧言將來能當大官，她一直很慶幸自己能陪在他身邊，此時她只想告訴顧言，這世上有人陪著他。

蕓娘緩緩拉住他的手，仰頭望進他的眼裡，緩緩露出一個溫柔堅定的笑。

「我信，顧言，我一直都信你。」

第十二章

已是四月中旬，吹來的風都帶著些溫意，螻蟈拉長嗓子在院裡唱著曲兒，掩著月色在寂靜處說些私語。

回到屋裡，顧言把外衫掛在架子上，白日裡在外跑了一天，身上冒出些細汗，他鬆下領子，轉頭就見蕓娘對著銅鏡正拆髮鬢。

他瞇起眼，只見她白淨的手指靈巧穿梭在髮間，幾下將綰著的頭髮鬆散開，嘴裡咬著個梳篦，黑鴉般的髮絲披拂在身後，有風從窗底吹進來，映著素淨的中衣，倒是有些說不出的溫婉。

蕓娘取下梳子，她頭髮細軟，梳了幾下後，似有一處打了結，揪住一起纏成了一團小疙瘩，鑽心的疼。

正拉扯間，只覺略帶涼意的手伸來輕輕抽走她手裡的梳篦，梳子順著髮絲向下，力度極有耐心與溫和，彷彿跟他的人一樣，總有種說不出來的細緻勁。

「顧言。」蕓娘想著剛才他說的話，納悶開口。「既然太子無意謀反，為何大家都說，那一夜太子殺了許多朝廷的人？」

「有時候，大多數人說的不代表就是事情真相。」

她愣了下，抬頭望著鏡子裡的人，可惜那鏡面模模糊糊的，看不出什麼，只見那抹淚痣在眼底下隱隱約約。

「出事當晚，我祖父是得到太子府來人報信才趕過去的，據說巡撫司在太子府查到了違禁之物，當時聖人在南山太真宮修道，我祖父為了調停此事，讓太子得以日後面聖辯說，才連夜去太子府穩住局面。」

那梳子順著髮絲向下，他的話音突地一轉，語氣漸冷。

「本是追究一件違禁之物的事，誰知一個時辰後情勢急轉直下，突然便傳來了太子殺巡撫司使，和我祖父一起謀反的消息，景王接到消息帶兵入府，結果就是太子畏罪自殺、我顧家也滿門抄斬的結局。」

蕓娘一怔，只聽他緩緩續說道——

「今日我為了那塊玉石去刑獄找那匠人之時，碰到了現任巡撫司使都虎，他先前原是副使，那一夜也在太子府。他親口告訴我，說當時太子殺巡撫司使的時候，我祖父還在外院跟他交涉，對後院發生的一切變故根本不知情，而那匠人也說，太子懦弱，是聽信了旁人的話……」

「所以……」

「所以當夜極有可能，是太子害怕而受人慫恿殺了巡撫司使，正中景王下懷，等太子意識到這事之後已無力回天，這才畏罪自盡。」

蕓娘倒抽一口涼氣，她沒想到太子府出事那夜竟然還有這般隱情。

她扭過身子，望向顧言。「可到了殿試上這麼說，聖人會信嗎？萬一聖人不信，你不是還得罪了景王……」

「蕓娘。」

顧言手裡的梳子停了下來，慢慢俯下身子，與她湊得極近，緩慢道：「權力是最禁不起揣摩的，真相是什麼不重要，只要聖人起了疑心，這事就已經有一半是真的了，剩下那一半，遲早也會成真。」

日頭正起，公署衙門裡開始走動起來，昨日的公文堆在案頭上，褐衣小吏三五站在門前，巡城察院聽著是個威風凜凜的地方，其實平日裡就是管管治安、處理些雞毛蒜皮的大小案件。

趕上年歲好些的，辦上一些朝中大臣之間的糾葛，可撈些油水；趕上那風平浪靜的日子，也就只是審理些小訴訟，今日就有個訴訟，說大不大，說小也不小，是工部郎中陸大人家的私事。

這案子主述是陸家還有一親女流落在外，戶籍不知為何一直沒改，還與人私自結親，現在告到官府來，想將女兒婚書作廢、把戶籍遷回陸家。

御史坐在案後，看著這訴狀，扭起眉頭。

工部郎中不過從五品，在京官中也是不上不下，於理，這案子並沒問題，找回自家親女改戶籍天經地義；可於情，你家閨女都成親了，還硬要找回去？這倒是有點不常見。

難不成那夫家對她百般苛責，陸家看不過去，才訴至公堂？

「大人，時辰差不多了，該過堂了。」

御史大人看了眼天色，摁下心中疑惑，這才向前面府衙走去。

公署衙門前圍著好些人，審訴狀多半是公開的，這也是舊曆改的，多是為了給百姓起警示作用。

一輛馬車繞過人群後，停在樹蔭下，蕓娘掀開簾子從馬車上下來，一轉頭，車裡的人挑眉道：「確定不要我陪妳？」

蕓娘看了眼顧言，杏眼瞪得滾圓。

「陸安歌我還是應付得來的，既然是我自己的事，自然要由我自己了結，怎麼能事事靠你呢？」

其實她靠他也挺好，他也是極願意的，顧言心想。可看著蕓娘倔強的眼神，這話還是沒說出口，只頓了下，抬眼對她道：「那我就在這裡等妳，有事叫我。」

蕓娘聽到這話，沒來由的心裡多了幾分底氣，她點點頭，頰上露出淺淺梨渦，轉身進了公署。

她穿過人群一進去，就見陸安歌從另一側門口走了進來。

陸安歌今日梳了個時下汴京城裡流行的高髻，髻上金簪四支，綴著素雅的小珍珠，那珍珠襯著素淨的面龐，再加上身後的侍女僕役，通身富貴，官宦人家小姐的氣場逼人。

圍觀的百姓不由得有些竊竊私語，再打量一旁穿著樸素的圓臉姑娘，心裡大約知道誰會贏官司了。

陸安歌款款走到蕓娘身前，掃了她一眼道：「妹妹，府裡已經備好了，只待今日之後，妹妹同我回家了。」

蕓娘看了她一眼，沒多言語，這時輪值審理的御史從後堂走進來。

他落坐後，一掃堂下，對著陸安歌道：「陸小姐，訟狀本官已經看了，可這事之中還有些原委不詳，望如實稟情。」

陸安歌溫順地點點頭，端的是知書達禮，善解人意。

「大人請問就是了，我陸家也是書香門第、官宦世家，自當不作虛言。」

御史點點頭，翻了翻訴狀道：「妳這裡寫，陸夫人育有兩女，可為什麼妳留在陸家，這陸蕓流落在外呢？」

蕓娘一聽這話，抬起眉，敢情這陸安歌在狀子裡說她倆是姊妹？

也是，陸安歌不會主動承認自己是假千金的，她和林賀朝的婚事這一世還沒作廢，更重要的是她還得為景王辦事。

無論從哪方面考慮，陸家女的身分對陸安歌來說格外重要，所以她必須是陸家的親生女兒、同她是親姊妹。

「稟大人，這事說來話長。」陸安歌緩緩道：「當年我娘從外家省親歸來，路過西李莊羊村，突逢大雨引來山洪封路，沒辦法，只能在村子裡暫住，那時我娘正好臨盆，就叫了個村裡的穩婆接生，誰知那穩婆心腸惡毒，自己沒孩子，就把我妹妹抱走，騙我娘說只生了一個，後來我家管事張娘子起疑，穩婆又做賊心虛，把我妹妹扔到荒郊野外，被個老兵撿回去養，這才有了我妹妹流落在外。」

御史一皺眉頭。

「那是沒有立即找人嗎？後來又是怎麼知道的呢？」

「當時是雖然起疑，但沒有發現穩婆暗中動的手腳，也是直到三年前那穩婆得了不治之症，聽人說是造了罪孽，因果報應，這才找到我家聲淚俱下懺悔當年之事，得知真相時，我娘當場生生暈厥了過去。」

「那時可報了案？」

「報了，可並沒有尋到人。」

說到這裡，陸安歌用帕子撫了撫眼下，人群中一陣唏噓。

御史大人看了她一眼，頓了下。

「那如今又是怎麼尋到人的呢？」

「還算那穩婆有些良心，扔我妹妹的時候，給她留下了我陸家的長命鎖。」

「長命鎖？她一穩婆如何有此物？」

「接生的時候從我娘衣物中摸得的，她原本就是手腳不乾淨、貪財品性不端之人，好在罪有應得，已經病死了。」

說到這兒，人群交頭接耳，起了不斷的竊竊私語，尋常百姓就愛聽這種故事，百轉千迴，惡人有惡報。

蕓娘在一旁聽完，秀麗的眉梢一挑，瞇了瞇眼，看向陸安歌，好啊，這是把罪全部推到了她死去的親娘嚴穩婆身上。

這事說得和原本是相差不大，可動機全錯了，嚴穩婆可是為了自己女兒能享榮華富貴，才偷換了孩子，再說了，她知道嚴穩婆每年都會去給陸安歌慶生，陸安歌也會私下見嚴穩婆，那就說明陸安歌是早就知道自己身分的。

至於後來會在陸家揭發這件事，結合這段時日在汴京的調查，她心裡有個大膽猜測——這事跟她們二人的生辰有關，宮裡來的人想找的是符合生辰的真正陸家小姐。

如果是單純進宮，以陸安歌的性子不會如此推諉，那必然是這件事是不好的，不好到讓陸安歌寧願在趙氏面前揭露自己的身分，也不願進宮面對。

「要是這樣的話……」御史大人聽完，眉頭蹙得越發深。「按我大周律，若是拐誘良人子女，自當是重罰拐誘者、讓原生子女改還原籍……」

「大人且慢。」

一直沒說話的蕓娘突然出聲。

「嚴穩婆已死，這些話僅是她的一面之詞。」她掃了一眼對面神態安然的陸安歌，問道：「妳可曾見過我有那塊長命鎖？」

陸安歌心裡一跳，看向蕓娘，她明知沈海會登堂作證，故意提這話是何意？

御史一聽，是啊，這關鍵物證呢？

他看向陸安歌，陸安歌也沒慌張，緩緩道：「我是沒見過，但穩婆生前說了，就是一個老兵將我妹妹撿走了，留了線索說是人在漳州盧縣，後來順著尋過去，撿到我這妹妹的老兵已死，但有個兄弟名叫沈海，他見過那件什物，時間前後也對得上，自然就是她了。」

「哦，那人證何處啊？」

「他……」

陸安歌正要開口，忽然有個僕人匆匆走到她身後，附在她耳邊說了兩句，陸安歌臉色大變，又驚又疑。

蕓娘知道她發現沈海不見了，這才扭過身，面向那御史道：「大人，我也有另一版陸家女的故事，想跟您稟明。」

陸安歌右眼皮一跳，還未來得及反應，只見蕓娘指著她，指控道：「這位陸安歌從頭到尾就不是什麼陸家小姐，陸家夫人打從一開始就沒生兩個女兒，她陸安歌正是那死去的嚴穩婆之女！」

一石激起千層浪，門外的百姓交頭接耳，竊竊私語一片，皂吏喊了兩聲，聲音才漸歇。

御史皺起眉頭，瞥向那堂下的圓臉姑娘，只見她倒似不在乎人群中的議論紛紛，朗聲道：「那夜陸夫人臨產，穩婆用自己的女兒換走了陸夫人的女兒，而穩婆之女正是眼前這位做了十七年陸家小姐的陸安歌！」

四周響起抽氣聲，誰都沒想到這故事竟然還有反轉，陸安歌眼神有些閃爍。

她、她怎麼知道這件事？她心裡有些慌亂，可轉念一想，嚴穩婆已經死了，當年的事絕對不會有人知道。

陸安歌猛地抬頭看向她，臉上一片高冷之色。

「胡說八道！這話越說越荒唐了，我生在陸府、長在陸府，怎麼會是個穩婆之女？」她眼睛只瞧著蕓娘，一字一言道：「妹妹，這裡可是公堂，公堂之上不得妄言，說話得有證據，妳可不能因著一時賭氣，閉著眼睛說瞎話。」

「這麼多年了，誰閉眼睛說瞎話還不一定呢。」蕓娘定定看了陸安歌一眼，揚起眉梢，轉過身對著座上的人，聲音清脆道：「大人，我有人證可以證明剛才所言是真。」

人證?!

陸安歌心裡一驚，扭頭看向門邊，只見一個佝僂身影走進來。

那是個老婦人，從外面彎腰躬背地從人群中走出來，皮膚黝黑、粗布麻衣，一看就是下力氣的窮苦人家。

御史皺起眉頭。「這是何人啊？」

蕓娘一抬眉。「這婦人是西李莊小崗村的村民，和那嚴穩婆是十幾年的鄰居。」

鄰居？

周圍人一陣竊竊私語，陸安歌瞳孔微縮，蕓娘從哪找來的這個人？

御史大人只掃了老婦一眼，鄉下人哪曾見過這種場面，老婦人見到官老爺站在這明晃晃公堂裡，心裡直打鼓，臉上有些膽怯神色。

只見老婦走到大廳中央，跪在地上磕了個頭，這才囁嚅開口道：「大人，我、我和那嚴穩婆做了十幾年鄰居，我知嚴穩婆曾和她那短命漢子生過一個女兒，這事也不單是我知道，村裡的老人們都知道，只不過這兩年大多都不在了……」

陸安歌心裡一凜，怕再讓她說下去真的揭露出什麼來，趕緊站出來，揚聲打斷村婦的話。

「大人怎麼能偏聽一個村婦所言？不知道是從哪裡找來的騙子，說不定就是和那穩婆串通一氣的壞人，故意說這些虛假之詞意圖壞我陸家名聲，坑騙錢財。」

老婦抬起頭看向陸安歌，黝黑臉上帶著些紅，說話夾雜著些方言。「我可沒說假話，我雖然是個鄉下人，但我老婆子這輩子說話可都對得起自己的良心……」

「良心？」陸安歌嗤笑一聲，眼裡盡是鄙夷。「你們也配？你們這些面向黃土背朝天的鄉下人，吃糠菜、賣兒賣女，慣是些人窮心壞的，要不然怎麼叫窮鬼呢？」

「妳！」老婦顫抖著嘴，卻沒辦法對這個趾高氣揚的人回嘴半句，因為她知道，這汴京裡的達官貴人就是這樣。

這世道，人窮便是罪。

「怎麼沒良心了？」蕓娘聽了陸安歌的話，只覺得太欺負人，她看了眼陸安歌，又看向御史大人，擲地有聲道：「我自小在農村裡長大，我阿爹也是個鄉下人，窮怎麼了？為了一雙鞋磨破腳下田，一年到頭只能收四、五十斤的麥子怎麼了？我們都是靠雙手打拚吃飯，不丟人！這世道本就不是人人都能豐衣足食，也不是人人生來就是好人家，難不成窮人就不是人，連良心都不配提了嗎？」

話音將落，圍觀的人群中響起壓不下的議論，到底還是窮苦百姓多，本就有心無力的日子，還被人這般壓著，心裡也有些不忿。

「對，怎麼鄉下人就不能說證詞了啊？」

「就是，我看那陸家小姐才仗勢欺人啊！」

御史大人聽到這話，看著那咬著嘴唇、臉色不大好看的陸安歌，又看了眼站在堂中昂首挺胸滿臉執拗的圓臉姑娘，心裡也有判斷。

他皺起眉頭對跪著的人道：「妳若敢有一句虛言……」

老婦聽到之後，連連磕頭。「官老爺，我說的都是大實話。」

她抬起頭看向陸安歌，陸安歌心裡一緊，看著那雙渾濁的眼睛打量著她，沒來由讓她想到親娘嚴穩婆的眼睛，她從前也愛這麼看她，每次來找她，都要提滿一籃子骯髒的吃食，陪著笑臉，可她最討厭的便是她！

為什麼她是個從穩婆肚子裡出來的人？她曾想，如果自己真的是陸家小姐就好了……

「妳、妳看些什麼？」

「看妳今日這副瞧不起人的小姐模樣。」老婦胸膛起伏，似有著說不出的憤怒。「妳個白眼狼，嚴穩婆是糊塗做錯了事，當年用妳換了陸家的小姐，可到底也沒讓妳吃一分苦頭，過著吃穿不愁的日子。可妳呢？嚴穩婆身子骨好著呢，可去年冬至從陸府抬回來就沒氣了，妳倒是說說，妳娘為什麼人去之前好好的，回來的時候人沒了？」

「妳胡說些什麼？我生母只有一個，那便是陸夫人趙氏，什麼穩婆不穩婆的。」陸安歌扭過臉，冷冷道：「再說她是突發惡疾死的，跟旁人有什麼關係？儘扯這些不著邊際的事，反正人也死了，還不是隨你們說！」

「妳！」老婦扭過身，磕了個頭說：「大人，嚴穩婆曾同我講，她那閨女耳朵背後有塊紅胎記，說是天生的福祿命，妳到底是不是嚴穩婆的閨女，看看有沒有那胎記不就知道了。」

「一派胡言！」

陸安歌後退一步，卻被皂吏攔住去路，她抽出胳膊，面色冷然。

「別動我！我好歹是五品官家的小姐，不是隨隨便便就能叫人這般碰的。」

可這時那老婦撲過去，陸安歌還沒反應過來，幾個侍女雖想攔住她，只不過在農田裡幹了一輩子的活，老婦即使上了年紀力氣也是足的，這些柔弱的侍女哪是對手？

幾個人混亂成一團，就只聽那老婦抓著她後邊的頭髮道：「大夥兒看，這不是胎記是什麼？」

人群中一下子炸開了鍋，倒抽著涼氣。

「她撒謊，原來她是假的陸府千金！」

「她真的是那穩婆之女！」

「可不是？看她剛那副瞧不起人的模樣，原來自己也不過是個穩婆的女兒。」

陸安歌驚道：「我、我不是！」

陸安歌頭髮被揪著散開，珠簪散亂，哪還有剛才進來時的神氣，臉色一片慘白，反而有些不倫不類的可笑狼狽。

她眼底有絲慌亂，瞥了眼老婦，又看了眼蕓娘，眼裡有絲惡毒，不，她不能就這麼認輸！

她撲通一聲跪下。「大人明察，她們串通一氣要害我。」

見陸安歌已經急得口不擇言，蕓娘冷冷一笑。

「我為何要害妳？」

「定是妹妹妳被人蠱惑了，才信了外人的胡話，妳……」

「夠了！當本官好糊弄嗎？」御史看向陸安歌，眉頭緊皺，眼神冷冰冰的。「證詞、胎記俱在，今日由本官宣斷，妳陸安歌就是嚴穩婆的親生女！」

驚堂木落下，有如一錘子敲進陸安歌心裡，砸得她頭暈眼花，身後圍觀人群中的竊竊私語如潮水般湧來，她知道，用不了多久，這判詞、今日她說過的每一句話，都會像長了翅膀一樣傳遍汴京城，像是這十七年間作了場大夢。

她萬萬沒想到今日會起這般變故，本是她要逼陸蕓，沒承想把自己的身世揭發了出來。

御史冷著臉繼續問道：「我問妳，去年冬至那日妳在哪裡？那嚴穩婆到底是怎麼死的？妳要是不說，我就把陸家上下都提過來審問，若是這位村婦說得屬實，妳便涉及了一條命案。」

陸安歌臉色慘白，嚴穩婆是她殺的，那日，嚴穩婆又來陸府給她過生辰，被人瞧見了，她害怕再這樣下去自己的身世終將暴露，索性就弄了碗毒臘八粥給她。

現在她的身世已經被人發現了，可萬萬不能再背上一條命案，她清楚，以趙氏的性子是絕對不會保她的。

「我、我……不知道，大人，我也是不知情的，我要是知道我的身世，斷不會還待在陸家。」

陸安歌說著，腦子裡還飛快轉著，額頭上有細密的汗珠，今日這事肯定會傳出去，陸家怎麼看她不重要，林家與她的婚事必然是涼了，而且她手上還有嚴穩婆的一條命，事到如今，能救她的只有景王，她得向景王證明她是有用之人，而景王一直想要把陸蕓獻給太真宮的那人，所以今日說什麼她也要把陸蕓帶走。

陸安歌強穩心神，抬起頭，哀哀切切道：「大人難不成真懷疑我與那嚴穩婆之死有關？我平時根本連隻雞都不敢殺……也罷，我今日受點委屈遭人誣陷沒什麼，但得把妹妹的戶籍帶回陸家，起碼也算我補償妹妹流落在外這麼多年受的苦。」

御史看了她一眼，轉向蕓娘。

「話已至此，妳可承認自己是陸家的女兒？」

陸蕓終於點點頭。「是，我是。」

「那妳可願回陸家？」

蕓娘沈吟了下，果斷道：「不願。」

「胡鬧！」御史語氣凌厲。「無論如何，妳都是陸家夫人十月懷胎所生的骨肉，生養之恩大於天，妳為什麼不回去？」

蕓娘一抬眼。「按理說，我是該回去，可大人，陸家想要的是我的命，而不是一個女兒。」

「這話怎麼說？」

「陸家為了讓我回去，不僅設計燒我養父房子、綁我進京，還意圖毀壞我聲譽。」

這時沈海被人推扭進來，陸安歌看到他心裡一驚，沈海什麼時候被陸蕓帶走了？

「這是何人啊？」

「我養父的兄弟，是個無賴賭棍，民女剛剛說的那些事他都知道。」只見那沈海眼神恍惚，身上髒污一片，嘴裡喃喃道：「不、不關我的事，是陸家、張娘子、大小姐做的……」

蕓娘看著他這副模樣，冷靜道：「大人，多年來陸家對我並無養育之恩也就罷了，可幾次三番設計陷害，這不是要我的命是做什麼？再說了，還有這麼一個假千金好姊姊在旁，大人，您說，這陸家我能回嗎？」

御史嘆了口氣，把案宗往前一推，用手揉了揉太陽穴。

「今日這事，本官在為官的二、三十年裡，倒從來沒遇到過，可按照律法，妳這戶籍理應是陸家女。」

蕓娘眨了眨眼。「按照戶籍，我就更不應該回去，我已經成親了。」

御史道：「妳的親事沒有父母之命，那便是不作數。」

「大人，我那門親事雖然沒有父母之命，但也是光明正大的，村裡人都知道，還寫了婚書，我自然是夫家的人。」

聽到這兒，陸安歌猛地抬起頭，她想起自己之前從沈海口裡打聽到的情況。

「陸蕓，妳那紙婚書上頭連官府的印章都沒有，怎能作數?!」

蕓娘一愣，小地方成親哪來那麼多的講究，不是有了婚書，眾人見證就行了，還要過官府？

她望向御史，御史皺起眉頭。「若沒過官府，那妳這婚書便不……」

蕓娘心裡一涼，睜大了眼睛。

「且慢！」

一個修長人影逆著光緩緩走來，那聲音依舊帶著些清涼，卻在此刻，比任何話音都令蕓娘感到安心。

「大人，我與蕓娘是兩情相悅，也是合乎律法的，這是婚書，上面還有戶部王老大人的章印，還請大人過目。」

蕓娘一怔，看向那光裡的人影，丰姿俊秀，身形如松，不是顧言又是誰？

她睜大眼睛，看著顧言把婚書遞上去，待他退回身側，急急攀上他臂彎低聲問：「顧言，哪來的戶部王大人的章？」

她覷著座上的御史大人展開婚書，踮起腳尖，有些心虛地急道：「那、那婚書只是我花了百文找村頭王秀才寫的，這要讓人發現了可怎麼辦？」

顧言瞟了她一眼，心裡有些好笑，她也知道心虛了，這可跟她一開始信誓旦旦地拿著婚書說已嫁給他的模樣大不相同。

他只一挑眉，淡淡道：「沒事。」

沒事什麼？可把蕓娘看得乾著急起來，顧言這人就是長得一副光風霽月的模樣，心裡卻有八百個心眼，旁人急得抓耳撓腮的事，偏他總是這副雲淡風輕的模樣。

「不錯，既有戶部王老尚書的批章，那這陸蕓理應是顧家婦。」

御史大人的話一出，人群中又是一陣竊竊私語，蕓娘一愣，眼睛睜得跟受驚的雀一樣，圓滾滾地瞪著，戶、戶部尚書？

「王世則的祖父，妳不知嗎？」顧言偏過頭，淡淡道。

她哪會知道？又沒有人告訴過她。

陸蕓有些恍惚，她只知那圓臉笑嘻嘻的王世則家裡是做官的，可不知是位列九卿的尚書郎，想她自從跟顧言上京來，見到的官都不像官，這群狐朋狗友平日裡看起來雖不可靠，一個磚頭砸下來，家裡十個有九個都是三品朝上。

御史的話一出來，眾人唏噓一片，這可是戶部一把手的批章，那還有什麼好爭議，陸安歌聽到這話，本就蒼白的臉色，徹底沒了丁點血色。

「今日之訴案，案情複雜，涉及人數眾多，本官現把此案堂審整理上報，待明日公示於榜文之上，至於嚴穩婆之死……」

陸安歌心裡跳了下，她抬起眼皮看向御史大人，只聽他肅穆道：「雖死因不明尚待查清，但妳既為其親生女，便應先行回村為其守孝，妳可願啊？」

「我……我……」

陸安歌咬了咬唇，雖說今日蕓娘找來了人證，但畢竟沒有確切的物證，她本想著還是能再辯駁兩句她與這嚴穩婆的關係，可聽著身後一片的竊竊私語聲，她便知今日已辯解無望了。

在汴京城，名聲便如人衣，衣服髒了，人一睜眼只會看到那件髒衣，便是說什麼都沒用了，不如先把這事快速了結，回去再做打算，畢竟陸蕓這事急的不僅她一人。

陸安歌微微瞇了瞇眼，收斂起心神，垂下光潔的脖子，咬咬唇，低低道：「我願。」

伴著城樓上的暮鼓聲，公堂散去，圍觀人群隨著白日裡漸涼的溫度一起三三兩兩地隱入街頭巷尾。

蕓娘從公署裡走出來，抬頭望向天邊緩緩落下的日影，鬆了好大一口氣，彷彿要把前世今生那股憋屈勁，在今日都散個乾淨。

陸安歌從另一邊走出來，站在她的身前，那雙美目從頭到腳細細地打量她，彷彿頭一次將她完完全全地放在眼裡，看得清清楚楚。

她撫了撫髮髻，緩緩開口。「我倒是小瞧妳了。」

蕓娘沒有閃躲地看向她，認真道：「妳不是小瞧我，妳是沒看清自己。」

「看清？」

陸安歌嗤笑了聲，走近了些，把聲音壓低，那柔柔的聲音順著傍晚的風吹到耳邊。

「看清什麼？妳說人生下來都一樣，為什麼有的人就是千金小姐，有的人只能面朝黃土，一輩子庸庸碌碌，我陸安歌生就不凡，我哪像個村婦的女兒，我想過好日子，有錯嗎？」

說完，她直起身子，定定看向她，理了理衣襟，揚著下巴，冷笑一聲。

「蕓娘，妳也別得意，這顧言總不可能護妳一輩子，妳我這事，沒完！」

蕓娘眨了眨眼，只見陸安歌說完話，裊裊轉身離開上了馬車，隨著那車簾一晃一晃漸漸消失在街角。

「在想什麼？」

顧言走出來的時候，就看見蕓娘站在門邊，正望著遠處的車影。

蕓娘喃喃道：「我在想，都是為了過好日子，為什麼我和陸安歌會成為完全不一樣的人？這世道哪有一步登天的好事，總要付出些代價不是……」

顧言看了她一眼，覺得這話說得有幾分老氣橫秋，像是經歷過什麼頓悟一般，倒不像她平日裡的性子。

「記得出村那日我就問過妳，將來想過什麼樣的日子，現在呢？妳的答案可有變？」

蕓娘偏過腦袋，望著他道：「現在啊……我想想，這段時間我老想起村子裡的阿婆，她年紀大了，可身板挺直，說話也有力氣，老了還能咬得動麥餅，還養好多頭豬羊，每天早上都會坐在村頭曬太陽，我希望將來我也能過那樣的日子，不愁溫飽，能養活自己。」

顧言忍不住看向身邊的人，只見她整個人沐在霞光裡，臉側泛著些柔光，眼睛亮晶晶的，想像著她一個小老太太坐在村頭土包包上，眼角不由得帶上些笑意，但轉念琢磨出味來，一挑眉問：「那我呢？」

蕓娘一愣，轉頭看向身旁的人，夕陽下籠著些光，他微微俯下身子，眉目流轉，話音輕輕的。

「蕓娘，我可是妳過了婚書的相公，妳……不要我？」

「沒、沒。」

蕓娘心裡一緊，她嚥了嚥口水，他將來可是首輔大人，怎麼能跟她回村餵豬吃麥餅呢？她急忙偏過臉，岔開話題。

「唉呀，時辰不早了，得趕緊回去了，不是說明日你殿試嗎？」

顧言看著那匆匆忙忙的嬌小身影，垂下眼跟在後面。

回到家裡，入了夜色，一天的疲憊陡然鬆懈下來，點點燭光被一隻纖細的手掩著，蕓娘斜睨著屏風後的人影，只見裡面的人解開外袍，掛在架上。

她看著那放在桌上的婚書，緩緩展開——

「結髮為夫妻，恩愛兩不疑……訂白頭之約……兩不相棄……」

泛黃紙上紅彤彤的手印，有種說不出來的感覺，再加上旁邊的印章，陡然變得沈甸甸起來，蕓娘有些出神，她當初寫這婚書時，完全沒想到會有這一日。

修長的手指落在婚書上，垂下兩縷青絲，話音輕輕落在耳畔。

「怎麼？後悔了？」

蕓娘猛然回首，只見他俯著身子，像把她籠在懷裡一般。

她避開他的視線，盯著那搖曳的燭火，嘟囔道：「誰、誰後悔了？倒是你別後悔，你到時候當了大官，別讓朝裡的人都笑你顧言這麼聰明的人娶個村姑做媳婦。」

顧言瞥了她一眼，燈下瞇了瞇鳳眼，有那麼一絲說不清的寒意。

「誰敢？」他捏起她的下巴，讓她對上他的眼睛，輕輕道：「蕓娘，只要我在一日，便護妳一日，沒人能再隨意欺妳、辱妳。我顧言發誓，終有一日，在這汴京，憑我顧言二字，便能保妳一生平安。」

蕓娘愣了下，一時間說不出什麼，心裡像是翻滾著熱氣，望著眼前的人，只覺得心裡有些慌，像是什麼東西在那一汪靜水裡攪動，讓人心神不寧，卻又忍不住向裡面看。

可又有個聲音在一旁拉住她——

顧言現在是這麼說，可等他真當了首輔之後呢？位高權重，殺伐決斷，要什麼沒有？那時他還會在乎她是誰嗎？

月色籠著目光，讓人也朦朧起來，兩人都沒說話，只這麼靜靜相看著，往日裡那些相處點滴似乎在這夜裡蔓延開來。

蕓娘咧開了個笑，可那笑卻有些勉強，她真怕自己把這話當真了，將來依賴慣了顧言，真要離開他時可怎麼辦？

她咬了咬唇，仰頭看向他。「顧言，別說這種話，若是將來沒了我……」話音沒落，就被人吞進了肚裡，那吻輕輕壓在唇邊，青澀卻帶著些珍重，跟著這夜風一樣，溫熱卻纏綿入骨，像是把這相伴的日日夜夜都融進去。

夜已經深了，院子裡沒什麼動靜，她只聽得見自己的心跳聲，她臉發燙地推開他，朦朦朧朧的燈光裡，他撇過臉，用指背緩緩拂去嘴角的水漬，眼下的淚痣帶著些疏冷的意味，和他的動作完全不似一人。

蕓娘只覺得他像是什麼猛禽盯上了獵物，話音映在這沈沈夜色中。

「蕓娘，既是妳先招惹了我，就別想跑。」

這一晚上蕓娘都不知道怎麼睡著的，只是往日橫七豎八的睡姿都收斂了許多，恨不得整個人貼在牆上。

輾轉反側一夜，醒來時，天光大白，只見顧言正站在那穿衣，她這才想起來今日顧言要去殿試。

「誒，穿那件青緙絲的，我給你新做的袍子。」

蕓娘趿鞋子下了床，取下袍子散開給顧言穿上。

「你個子高，我看之前袖子那裡有些短了，那日鋪子裡有從蘇州新來的好料子，一尺要一兩銀子呢，我想著剛好，就扯了些給你做袍子穿。」

顧言站得直挺挺的，看著她伏在身前，面容映在晨光裡，正認真扣著扣子，一挑眉。

「百貫的裙子捨不得買，倒捨得扯一兩銀子一尺的布料給我做袍子。」

若是往常，蕓娘必然會理直氣壯說你是我相公，這點錢算什麼？可今日這話卻說不出口了，她臉上泛了些紅，只覺得那扣子在手裡不聽使喚。

他微涼的手覆上她的手，輕輕一扣，便進了扣眼，卻還不肯鬆開她的手。

她只得輕輕地道：「這、這都是你將來要還我的，到時我也要穿漂亮的衣裳，最貴的那種。」

「都依妳。」

顧言笑了下，蕓娘抬頭看他，只見這衣服在他身上，真宛如青松，好看得緊，也不知道是衣服襯人，還是他這副好模樣襯得這衣服貴氣。

「那我走了。」

「誒。」

蕓娘揪住他的手，踮起腳，在他淚痣下輕輕落下一個吻。

顧言心裡一動，直直看向她。

「我在家等你回來。」

熹熹晨光裡，林賀朝走在崇政殿外的青石板上，抬頭望著金龍飛簷，見那麼點光隱沒在飛簷之上，這處飛簷與記憶中相對，讓他確信這段時日盤桓在他腦裡的那些畫面，並非他的臆想。

他是實實在在經歷過一遭，他曾考過殿試，走過這條宮道。

只不過那時國公府之事剛過，對他的名聲也有所影響，他心情煩躁，當日考得也不好，只堪堪得了個二榜的名次，後被外派到州府做知州，再回汴京便已隔經年。

林賀朝收回視線，聽到對面傳來一些動靜，三三兩兩走過一些貢生，其中有熟悉的面孔，微微點頭問好，可轉過身只聽得那竊竊私語聲在身後響起——

「誒，你看那林賀朝丰神俊秀，氣色沈穩，想是今日殿試胸有成竹了。」

「我看也是，昨日我父親下朝還同我說，今日這一榜狀元唱名賜第必然是在顧、林兩位之間角逐。」

「林是林賀朝？那顧是……顧言？」

伴隨著話音，只見廊下走來一個人影，映在晨光裡，一身青綠長衫款款踏光而來，似有天成的神韻，身後不由得響起感嘆聲——

「每次看到顧言，總覺得這人不需要做什麼，光站在那裡，便已經是沒得說了，生生把我們這些士人襯得沒了風骨一般，偏他還學識好，這人是怎麼長的……」

「顧閣老可是大儒，顧大人更是在蘭臺待了十幾年，顧言他娘是國公府家裡最尊養的小姐，這便是塊木頭，就這出身、這家學，風骨天成，哪是你我能比的？」

有士子在一旁涼涼道：「這話也不盡然，他顧家再厲害，不也是倒了嗎？」

「那不就看今日了，到底是他顧言連中三元拔得頭籌，還是這林賀朝更勝一籌。」

拉長了的話音裡，林賀朝抬眼看來人，他記憶中顧言並沒參與這場春闈，不知是不是因為她，讓顧言科舉這事稍微提前了些，想到那張娟秀的面龐，他心裡一沈，抬眼自上而下掃過顧言，溫潤一笑。

「顧兄，又見面了，今日殿試，幸蒙賜教。」

顧言立在原地，撩起眼皮看向林賀朝，淡淡道：「不敢，彼此。」

兩人進門檻之時，林賀朝見顧言微微把袍角提高了些，涼涼道：「顧兄，倒是個惜物之人。」

顧言一挑眉，似有些漫不經心。

「這袍子是我娘子給我新做的，不敢染上髒污，怕回去讓她瞧見惹得不高興。」

林賀朝腳下頓了頓，抬臉定定看向他，收斂起神色，顧言也微揚起下巴，回望著他。

兩人只這麼望著，誰也沒吭氣，卻覺得空氣凝固在兩人之間。

「誒，林、顧兩位公……」

有那不長眼的士子想上來遞帖子打招呼，被人一把揪住。

「老哥哥，都當進士的人了沒點眼力嗎？你瞅這兩人氣氛對嗎？」

這話一落，旁邊路過的士子也覺得這兩人之間的氣氛微妙，都紛紛主動繞開了走。

只這一錯神，顧言一揚眉，撣了撣衣袍，從林賀朝身邊經過，面無表情道：「借過。」

林賀朝望著那人的背影，面色冷然。

殿試雖說聖人是主考官，但按照大周律法，需先在宣政殿做考題，這考題前朝多為詩賦論，可到了元年變法之時，便由詩賦論改為策問一道，寫完的考卷再由考官遴選後，送到聖人面前親閱，一榜的名次便會在其中產生。

殿廊中拉起了帷幔，林賀朝找到自己的位子坐下，待考生全坐定後，考官發放御試題，他扯開黃紗袋子，看到裡面的題目，微微勾起嘴角。

果然這題目跟他印象中的分毫不差，他垂下眼，看了眼前面帷幔後的人影，微微思忖，提筆在白紙上作答了起來。

暮氣沈沈的大殿上，每一處陳腐的角落裡總有股浸在木頭裡的太真香味道，眾人像片烏雲垂著腦袋，沒人敢吭聲，大殿之上的沙漏順著狹窄的口往下流著，今日是殿試的日子，離這殿不遠的地方正坐著一群奮筆疾書的學子，沒人知道今日之後會改變些什麼，但眾人又知道這場時隔數年的春闈很重要便是了。

不少人都在盼著，盼著這一場春闈正如春日裡的甘霖一般，為這暗潮洶湧，卻又日薄西山的江山續上一口氣。

老皇帝倚在朱紅色的描金基座上，他也在盼著，不過不同於底下人的心思龐雜，他想聽聽那些學子是怎麼說他的。

人老了，一是怕死，二是擔心身後事，百年之後，史冊上會寫他沈迷修道，還是殺了太子？他不知道，他看向一旁悠悠繞繞的香霧，每到這個時候他總想問問神仙怎麼想的，可惜神仙總是不會說話的。

南面鼓樓上從舊朝就有的青銅鐘大作，嘹亮雄渾的聲音穿透汴京城上空，只聽有人小跑的聲音一路從殿外傳來——

「報聖人！考官們挑好的試卷出來了。」

「報呈閱。」

裕王站了出來，從御史臺的詳訂官手裡接過呈著卷子的都承盤，在眾人的目光裡一步步走向前，景王抬起頭，視線在那都承盤裡繞了繞，幽幽沈沈的不知在想些什麼。

「請父皇過目。」

裕王跪在地上，聖人直起身子，顫顫巍巍打開一個，可不過片刻，只聽一聲冷笑，卷子被扔到地上。

「一政一事之不在聖懷？聽聽，溜鬚拍馬。」

再拿起一卷，沒讀兩句，又扔了下去。

「前朝中興之主，以剛德為尚，這是說朕軟弱昏庸？」

摸不準帝心，朝中人一時都沒有吭聲，寫了讚頌之詞，嫌人家諂媚，見解獨到又嫌人家犯上，只見老皇帝皺著眉頭扒拉兩下，又打開一卷。

「……這個寫得有些意思。前王之至訓，立中道以用天下之賢，這林賀朝是誰啊？」

「回聖人，是犬子。」吏部林尚書出列恭敬言道。

老皇帝看了一眼出列人身上的官服，又對上臉想了想，點點頭。

「先留下在三甲。」

景王微微挑起眉，眼裡不免有些得意之色，裕王不動聲色又拿起來一卷，老皇帝接過，翻了兩下，愣在那裡。

「夫欲民之暴者興仁，智者無訟，欲吏之酷者存恕，貪者守廉。」

默而無言，半晌，老皇帝深深嘆了口氣，啞著嗓子道：「寫的倒有幾分治世之理，朕之不類，欲效先祖以治世，而常有疾，不久矣，不知如何而治世啊。」

朝下站著的大臣們聽到，心下無言以對，老皇帝短命不就是因為自己信道士亂吃藥，旁人勸也勸不聽，一天到晚只想成仙，還能因為什麼？

「寫這卷的是誰？當擢為第一等。」

裕王翻了下名字，看向聖人，有些欲言又止，老皇帝看了他一眼。

「怎麼？是誰？」

裕王瞟了眼座上人的臉色，小心翼翼道：「原御史侍郎顧琛堯之子，顧言。」

第十三章

宣政殿裡，諸位貢生都坐在帷幔後，等那唱禮官叫名。

「第二榜乙等同進士，王生。」

「第一榜丙等進士，張師德。」

每叫到一人，便會有人鬆口氣，待到殿內沒剩幾人了，唱禮官收起名錄，走到那最前面的案桌前，看了眼坐在案後俊秀的人。

「顧公子，聖人宣你進殿。」

聖人親覲啊，士子間一陣竊竊私語，顧言一言不發，起身離去。

飄飄蕩蕩的帷幔間，林賀朝看著那人消失在宣政殿外的背影，微微垂下眼。

紫宸殿裡——

老皇帝看了一眼手中的策問卷，抬頭對下面站著的大臣說道：「顧言，怎麼是他？倒是寫了一手好字，誰是他老師啊？」

崔曙站在人群中動了動，走了出來。

「回陛下，是老臣。」

「你？」

老皇帝彷彿聽到了什麼笑話一樣。

「朕記得顧家出事的時候，不是你崔曙字字句句參奏，顧家一人都不能留嗎？現在怎麼了，人老糊塗了？」

崔曙知道皇帝心裡是不願的，但今日旁人不保顧言，他得保。

「臣愚昧，當時只偏聽他人言，才會跟風上奏，後見此子，發現確實是可塑之才，不忍心埋沒……」

話音未落，景王冷冷一笑，站了出來。

「敢保個反賊之子，父皇，這崔曙居心可議！」

大殿上一時寂靜無音，只聽遠遠有人報。「貢生覲見。」

老皇帝抬頭看向遠遠走來的人，在一群老樹皮樣的大臣裡，真是丰神俊朗，看著這朝氣蓬勃的樣子，越發覺得自己已年邁。

待到那人跪在面前，他捏著手裡的道牌緩緩道：「顧言，荀、孟言性之有殊，孰者為當？管、樂立功之俱善，何人最優啊？」

跪著的人想了下，極清晰地道：「孟子之心，以人性皆如堯舜，未至者斯勉矣；荀卿之言，以人之性皆如桀跖，則不及者斯怠矣。二子之說，殊趨而一致，善人為邦百年，可以勝殘去殺，異派而同源也。」

「說得好，但顧言，朕不能用你。」老皇帝看著他道。

裕王不動聲色挑了下眉，只見顧言不卑不亢地緩緩抬起頭。

「聖人，是因舊太子一事嗎？」

這是聖人的逆鱗，便是無論如何都不能提的，眾人不禁倒吸一口涼氣。

老皇帝看向眼前的年輕人，只覺得那雙冷靜異常的眼似看透了他心思，緩緩說出他那句心裡話。

「聖人，若是當夜太子沒有反呢？」

「少夫人，這天氣漸漸熱起來了，妳在這兒是做什麼呢？」

王伯看著蕓娘在灶房忙上忙下一整天，來回進進出出不由有些好奇。

蕓娘拿手背一擦額頭的薄汗，插著腰笑盈盈對他道：「今日顧言進宮殿試去了，我想著在家等著也是等著，剛好趕上這春夏交接的時候，不如做些夏餅，等他回來吃。」

王伯看著這一蒸籠的夏餅，話堵在嘴邊，愣了半天才開口。「那、那個少夫人，宮裡殿試之後會設宴，有素餅之類，少爺餓不著的。」

蕓娘一挑秀眉。「那些宴會上的吃食我可見過，都跟雞吃食一樣，就那麼一點，怎麼能填飽肚子？王伯，你嚐嚐我這剛出鍋的夏餅，好不好吃？」

王伯被塞了滿手，也不好拒絕，拿起咬了一口，確實是酥香軟爛，朝著蕓娘笑了笑。

「少夫人這個餅好，老頭子的牙都能咬動。」

蕓娘也笑笑，幹勁滿滿，正要擼起袖子再蒸一鍋。

突然她聽到外面有拍門的聲音，有些疑惑，這個時間顧言殿試應該還沒有結束，會是誰來呢？

王伯起身要去開門，蕓娘摁住他。

「王伯，你腿腳不便，且坐這兒安心吃餅，我出去看看。」

說著，蕓娘撣了撣衣服上的麵粉，邊走向屋門口，邊把捲起的袖口放下，喊了一聲。

「誰啊？」

門外無人應聲，蕓娘不由得想起在漳州那一回，怕是什麼賊人，不過這是在汴京城裡，就是再囂張也不敢在京城白日裡綁人吧。

不過昨天才去官府，別是陸安歌又想出什麼壞點子找人來鬧，蕓娘終究是有些不放心，她小心地拉開條門縫向外看去，只看清門外人的一瞬間，不由得睜大了眼。

「小姐，是我啊！」

只見張娘子躬著腰，堆著笑臉站在門外，而在她身旁的是一個頭髮梳得一絲不苟的中年婦人，她穿著一身靛藍的裙子，顴骨高聳，仔細一看，神色裡就帶著些養尊處優久了不經意流露出來的傲氣。

這人不是別人，正是蕓娘的親娘趙氏。

這是走了一個陸安歌，又來了個趙氏?!

蕓娘看清來人，一陣頭大，只想關門。

誰知，門外的人竟然嗚嗚咽咽了起來，趙氏那帶著哭音的話飄過牆，繞在這番街裡外——

「唉呦，蕓兒我的親生女兒呀，都怪那些惡人，讓我們母女分離那麼久，娘可終於找到妳了！」

為免事情鬧大被人看笑話，蕓娘終究讓這不速之客進屋了。

無奈地讓人在前廳入座，蕓娘看著拿著帕子擦著腫眼的趙氏，只見她看了看空空的茶盞，又四下打量了下，復又哀哀切切道：「女兒，妳竟然就住在這種地方，連個伺候使喚的下人都沒有。」

「可不是，進屋連個泡茶送水的丫鬟都沒有，我剛看那老管事都七老八十了，唉呦，妳這日子過得多苦啊！」

看著趙氏和張娘子在這邊唱雙簧，蕓娘翻了個白眼，要不是趙氏剛才在門外嚎得那般淒慘，她並不真想把兩人放進來，一進門挑這挑那，又是嫌屋子小了，又是嫌地方不乾淨，看著人實在鬧心。

那哭哭啼啼還在耳邊，蕓娘實在忍不住，一拍桌子，她本就力氣大，震得那茶盞跳了兩跳，終於把兩人猛然嚇得停了個空檔。

蕓娘掃了兩人一眼，鼓著臉沒好氣道：「有話就說話，門外哭，進門也哭，妳們哪來那麼多眼淚可流啊。」

張氏可是知道蕓娘是個什麼人物，頭一次那把大刀還心有餘悸呢，此時她厲聲一說，便立即收了嘴，默默縮在趙氏身旁，一聲都不敢吭。

但趙氏不知道蕓娘性子，還在那邊捂著帕子道：「蕓娘，妳好歹也是我十月懷胎掉下來的肉，怎能這麼對娘說話？」

「妳管生不管養，再說，妳陸家那些人做了什麼，妳別跟我說妳不知道。」

蕓娘說著看了眼張娘子，張娘子縮著腦袋什麼都不敢說。

趙氏放下帕子，冷冷刮了眼張娘子，又道：「好女兒，我也是被這些惡僕還有那陸安歌的花言巧語矇蔽了，妳可千萬別因那些人跟我生分了，昨日我聽到那訴案心如刀絞，差點都沒暈過去。」

她捂著帕子頓了下，張娘子急忙作勢給她順著背。

「妳放心，蕓娘，這些人我一個都饒不了，這口惡氣，娘一定幫妳出了。」

蕓娘聽到這話，嘆口氣。

「真是耳朵要長繭了，又是要我回去吧？」

趙氏頓了下，抬眼淚濛濛看向她。

「妳、妳難不成不想跟家裡人相認嗎？妳爹知道真相後也是勃然大怒，只想尋妳回去。」

蕓娘想了想她爹陸工部的鑽營性子，上一世天天恨不得能明日就立個大功勞，官場就此平步青雲，哪曾在意她這個小人物。

要她說，這陸安歌與陸家還比較像一家子，都是只顧自己的人，在利益和權力面前，什麼親情都是虛假，看不到半點真心。

「不想。」蕓娘扭過身，換了個姿勢，看向兩人。「妳們既然聽說了昨日我打官司之事，知道那陸安歌的身世，就沒聽說我成親了嗎？」

「自然是聽說了。」說到這兒，趙氏話音降了下來，臉上有些倨傲和不屑。「不過，蕓娘妳年輕，別被表相聲色迷了眼，這顧家已經敗了，謀反之罪哪還能做官，笑話！」

蕓娘一挑眉，還沒張嘴，就聽趙氏又道：「妳要是跟我回陸家，我給妳介紹成堆的好人家。」

蕓娘看向趙氏，哦，這是換個法子勸她回陸家。

「可我都嫁過人了。」

趙氏看了她一眼，緩緩道：「妳怕什麼，還可以做人家續弦不是？這京城裡上了年紀的大人可多了去了，哪一個不是現成嫁過去就做太太的，僕人成群，吃穿不愁，那日子不好嗎？」

好吧，都開始給她介紹老頭了，蕓娘斜睨著趙氏。

「但我覺得還是我相公好，他可是會元，可厲害了。」

「唉呦，在這汴京城裡，小小一個會元算什麼？再說，就他們家這家徒四壁的樣子，怎麼看都是一股破落戶的味道，瞧瞧妳。」

趙氏掃了她身上的裙布一眼，拿帕子捂住口鼻，略有些埋怨。

「妳還得親自下廚做飯，成個什麼樣子，這怎是妳能過的日子……」

「夠了！」蕓娘沒耐心，也不想再聽下去，起身就朝著院子裡喊道：「王伯，幫我送客！」

趙氏一愣，看向蕓娘，急忙起身。

「誒，這、這怎麼好好的說趕人就趕人。」

蕓娘看向她。「誰同妳好好的？妳百般羞辱我家，還羞辱我夫君，要不是看在妳是我親娘的分上，我是連門都不會讓妳進。」

「誒，我有說錯什麼嗎？」趙氏一挑眉，氣勢昂然。「好歹我也是官宦人家出身，妳嫁的這人家算什麼？會元？不還是連個一官半職都沒有，我跟妳說，這汴京城裡官大的多得很，妳就是小地方來的，沒見過世面……」

蕓娘把門一拉，震得趙氏嚇了一大跳，抖著帕子。「妳、妳也太失禮了，果然是缺乏管教！」

蕓娘皺起眉頭，上一世，趙氏最常指責的就是她缺乏管教，她曾以為自己只要好好學，變成這汴京城裡小姐的模樣，趙氏就會對她好一點，但後來發現，其實這不過是趙氏抓她毛病的說辭罷了。

真心喜歡她的人不會把她的缺點放大在嘴上，只有像陸家、像趙氏這樣的人會站在制高點看別人，拿捏住她的把柄成日掛在嘴上，就為了讓她乖乖聽話。

她杏眼睜得圓圓的，對著兩人道：「是，我是缺乏管教，還不快走？要我再說一遍嗎？我成親了，我夫君對我很好，我過得也很好，用不著妳這半路出來的親娘對我指指點點。」

趙氏還想說什麼，被張娘子拉住，小聲道：「夫人，我跟您說了，這陸蕓性子硬，妳這樣來找她行不通的。」

趙氏瞥了張娘子一眼。「沒用的東西，怕什麼！」

她款款走向蕓娘，一副語重心長模樣。

「蕓娘，那我這個當娘的最後再問妳一次，是真的不同我回去嗎？妳要是捨不得妳這夫君，回去後我定讓妳爹給妳找更好的。」

蕓娘看著她，冷笑了下。

「陸夫人，我也再回答妳一次，我既然嫁給顧言，就是顧家的人，這輩子都不會回陸家。還有，我相公很好，會元怎麼了？日後他必成大器。」

「還必成大器，這話我聽多少人說……」

話音還未落，只聽外面路上傳來馬蹄聲，汴京城裡一般不准策馬，除非是特許的，再想到今日是殿試，不少人家都急忙拉開門探出頭來看，這必然是有人中了名次，才派報子騎馬過來通傳。

這馬一路騎來，沿路惹來豔羨的目光，不知道是哪家的兒郎金榜題名了，不少小童跟在馬後面跑，蕓娘只覺得那馬蹄聲越來越近，一眨眼，那高頭大馬已停在自家屋子前。

只見馬上的人翻身下來，把手中的鐃鈸鐘一敲，響徹整條街道。「小娘子，這可是顧府？」

蕓娘眨了眨眼。「是，你是……」

那人喜氣洋洋地行了個禮，一拱手道：「我是禮部派來的報子，恭喜小娘子、賀喜小娘子，妳家顧相公今日殿試金榜題名，高中狀元！」

這一下整條街像是炸開了鍋，狀元啊，聖人欽點的狀元郎！

蕓娘倒是有些淡然，她轉過頭看向目瞪口呆的趙氏和張娘子，眨了眨眼。

「我說什麼來著？妳們不信，我相公可是頂厲害的，這不，現在他可是狀元郎了。」

「來了嗎？在哪呢？」

夕陽散開在宣德門邊，蕓娘擠在人群中，向前方一望，只見那碎光灑在底下攢動的人頭上，人群的歡呼聲和禮部唱名聲，更襯得這些新科進士貴氣逼人。

她努力往前擠了擠，正好看見有人打馬而過，有人大聲問：「狀元呢？」

「出來了出來了，你瞧，長得最俊那個。」

人群中響起小小騷動，蕓娘擠在茶樓上，望著那逆光出來的人，一身大袖紅袍更襯得多了幾分風流味，只那麼打馬而過，有匪君子，溫潤如玉。

可偏他在這熱鬧的春風中從眼神到嘴角又都是冷的，說到底他也不是汴京城裡土生土長的官家公子，像是那年漳州的大雪融進骨子裡，旁人輕易靠近不了。

紅衣狀元郎打馬遊街，所到之處，四月的花混著眾人的豔羨稱讚砸在身上，這一朝便是真正活在了太陽底下。

茶樓上的人紛紛感慨道：「我住汴京這麼多年，這狀元郎長得真是一等一的好，也不知道哪個千金有福氣，能嫁這麼個芝蘭玉樹的郎君。」

「可不是，這要是榜下捉婿，怕不是朝中各位大臣得搶破頭。」

蕓娘聽到這話，秀眉一挑，暗自得意地掃了眼身邊人，這些人可想遲了，顧言已經是她相公了，其他那些小姐什麼的都沒戲。

她又想到剛剛趙氏和張娘子在家門口聽到顧言中狀元時瞠目結舌的表情，真覺得是揚眉吐氣，這下顧言中了狀元，看還有誰瞧不起他。

想著，蕓娘眉眼彎彎望向那人身形，只見顧言從樓下長街上打馬而過，她扒住欄杆，探出半個身子，眼直勾勾地凝望著前方，順著夕陽下的熱度喊了聲——

「顧言！」

紅衣狀元郎似乎聽到了她的喚聲，表情一怔，手上把韁繩一拉，扭過頭望向聲音來的方向。

蕓娘喜眉笑眼地正要招手，就在這時，一旁圍觀的黑壓壓人潮湧了上來。

「快看，狀元郎在看這邊！」

「莫不是看上我家大妞？」

「作夢去吧，他分明是同我打招呼，說起來，我和這狀元郎還算是同鄉……」

轉眼人潮就把蕓娘擠了出來，連一絲縫都沒留給她。

蕓娘站在人群後，怔怔地一時沒反應過來，望著萬頭攢動之中的人影，心裡說不出來的失落。

明明她和顧言只隔著一條長街，卻連一面都瞅不到。

偏這時候，有交談聲又鑽進耳朵裡。

「我怎麼聽說這狀元郎已成親了呢？」

「成親算什麼，不都是那上不得檯面的？等他封了官，定會再娶個權貴之女，助他平步青雲。」

這話像是股涼風，將心頭那陣熱氣吹涼下去，她沒什麼底氣地張嘴。「不會那麼快吧，這狀元看著不像那種人。」

人群哄然一笑。「妳個小姑娘懂些什麼，男人嘛……」

蕓娘望著人群的背影，怔了會兒，轉過身決定回家。

踩著夕陽從沿街牆頭灑下的碎片，蕓娘垂著腦袋，大眼睛沒什麼精氣神地向顧府走著，遇到平日裡相熟的大娘。

「誒，顧家娘子，我聽說妳相公中狀元了，妳可真是好命啊！」

現下聽到這話，蕓娘心裡倒不好受起來，只扯開嘴角笑了兩下，急忙想個理由脫身，快步走開。

離了人群，蕓娘微微嘆口氣，中狀元有什麼用？別是今朝翻了身，就立刻拋棄了她，明明以前都想清楚了，有朝一日顧言發達了，如果真的嫌棄她，她自己會走，可這顧言都還沒當首輔呢，她就留不住人了嗎？

「敢問可是顧夫人？」

蕓娘一怔，看向站在顧家門口的人。

那人穿著一件小吏常穿的皂羅袍，朝著她行了個禮，開口道：「小人是禮部派來的通傳，今日聖人下令，由禮部於瓊林苑宴請新科進士，進士們可攜家眷出席共享聖恩。」

瓊林宴？這玩意兒蕓娘只在戲文裡聽過，她沒來由的有些緊張，張大了眼睛，滴溜溜轉著眼珠子。「我、我去嗎？是誰讓你來接我的？」

「夫人說笑了，自然是顧大人讓小人來接您的。」通傳覷著她猶疑的神色。「要是夫人您哪裡不適，倒不必勉強參宴……」

蕓娘咬了咬唇，想到剛才那些人的話，多少有些膽怯，新科狀元有她這麼個村姑媳婦兒，當著那麼多達官貴人的面不會給他丟臉吧？

可轉念一想，不對啊，她膽怯什麼？若當年不是她救了顧言，顧言還不知道此刻在哪呢，再說，顧言還沒當上首輔呢，現在才中了個狀元就想甩掉她，沒門！

「好，我去。」

蕓娘揚起臉，夕陽映著清澈靈動的眼睛，在白皙的臉龐上，越發顯得晶瑩。

「還請稍等，容我收拾一下去。」

通傳看著這顧狀元家小娘子氣勢洶洶大步向屋子裡走去的背影，微微用袖子抹了下額頭。

顧狀元是人中龍鳳，他這娘子也非比尋常啊，只這氣勢怎麼瞅著不像是去參加宴會，而是要去討債的呢？

夜色浸入天邊，將白日裡最後一絲光亮也吞了進去，一頂轎子從市坊穿過，越過繁華的汴京夜晚，停在車馬雲集的瓊林苑外。

「顧夫人，到了。」

抬轎的雖叫著夫人，可轎子裡探出一張略顯青澀的臉，彎彎細眉，淡淡胭脂，櫻唇點著抹檀紅，看起來淡雅精緻，細膩動人。

蕓娘從轎子上下來，直起身子望著來來往往參宴的賓客，摸摸髮髻，拉拉裙角，心裡不由得有些緊張。

待到門邊，有侍女迎出來，收過帖子，將她迎進去。

蕓娘走在這瓊林苑裡，眼睛四下好奇地滴溜溜轉著，只見宮人們把六角燈挑起來，盞盞明黃的燈籠把天邊映得如白日般通亮。

「顧家娘子！」

一抬眼，只見迎面走來個熟人，不是王世則是誰？別看他一張純良的娃娃臉，她一想到這人是在大理寺幹活，家裡還是戶部高官，急忙正經地微微福了福身子。

「王大人。」

王世則急忙擺擺手。「都是老熟人了，別那麼客氣，妳家顧言中狀元，心裡是不是樂壞了？」

說話間，王世則還是那個初見時笑盈盈的青年，那股身分帶來的隔閡也消散，蕓娘鬆快的笑了笑，眼睛彎成了月牙。

「是開心。」

兩人沿著長廊往院子裡走去，王世則臉上洋溢著一股興奮勁，彷彿今日得狀元的不是顧言，而是他一樣。

「我就說顧言可以，他從小就厲害，我祖父下朝後開心得合不攏嘴，今日殿試時，本來聖人因著太子舊案是屬意剔除顧言的。」

蕓娘聽著一怔，沒想到今日在殿試上還發生這些波折。

「那後來呢？」

王世則緩緩道：「前些時日不是去大理寺提了個匠人出來？顧言據理力爭，要給顧家翻案，也多虧裕王力保，這才讓聖人改變了主意，真不容易，顧言這是熬過來了啊。」

真是不容易，蕓娘聽得有些不捨，前世只覺得顧言一步登天，可這一世她才知道顧言其實是步履維艱。

正想著，突然一抬頭，蕓娘急忙停住腳步，望著遠處的人瞳孔收縮，今晚巧了不是？又見到一個熟悉的人影。

「怎麼了？」

王世則看了眼前面走過的人，納悶地看著身後像是見鬼一樣的蕓娘。

蕓娘張了張嘴。「他、他怎麼也在這裡？」

王世則順著她的目光看去，笑道：「還以為什麼呢，妳說那林賀朝啊，他也是個頂厲害的人物，看著溫溫和和的一個人，文辭犀利，一舉高中今科榜眼，自然要來參加瓊林宴。」

「榜眼？」

蕓娘倒抽口冷氣，她今日光注意顧言高中，倒沒注意到林賀朝也中了榜眼，她微微瞇起了眼，但是前世林賀朝的成績並沒這麼好，怎麼這一世這麼厲害？

「可不是，這也就是顧言壓著，不然他今日的策問也足以當個狀元郎了。」說完，王世則看向蕓娘，好奇問道：「誒，妳認識那林賀朝嗎？」

「我、我怎麼可能認識？」蕓娘一想到不久前的修羅場，心有餘悸地搖搖頭，今晚可千萬別碰見林賀朝。她隨即轉移話題道：「我該往哪裡走？」

王世則也沒多想，給她指了指遠處的大廳，蕓娘道過謝，兩人話別，蕓娘剛一隻腳踏進大廳門邊，就有個內侍走過來，問明身分，把她領到一處几案坐下。

蕓娘坐在几案後，只見這席間親眷有老有少，多是三兩結伴，只有她是單獨一人坐在這裡的。

「唉呦，林夫人，我聽聞林公子中了榜眼，真是恭喜了。」

對面一群人簇擁著一位雍容華貴的老婦人，通身的貴氣。

「多謝，還是差了點。」林老夫人面色平穩，不動聲色道。

「瞧您這話說的，什麼叫還差一點？想想前幾次的榜眼郎，哪個不是三品大員。」

林老夫人嘆了口氣。「話是這麼說，可到底狀元還是不一樣。」

「誒，這也是沒辦法，誰讓撞上了那顧家大郎呢。」

人群中的女眷們七嘴八舌地道：「可不是嘛，那孩子打小就聰明，要不是他家裡出了那檔子事，怕是朝裡的大人早就上趕著塞閨女了。」

「說到顧言結親這事，誒，妳們聽說了嗎？他結親了！」

「聽說了，聽說他是在鄉下的時候成親的，他那小娘子前幾日在國公府的時候我見過了，長得倒挺漂亮。」

「不僅如此，顧言那夫人身世背景可不簡單呢。」

「什麼？」

女眷中響起議論聲，只聽到有人緩緩道：「顧言娶的那娘子是陸家失蹤多年的親閨女，昨日在公署審的案子，說那位陸安歌才是假的！」

「啊？真的假的？還有這事，那陸家不是……」

話還沒說完，那女眷就被人撞了下，她後知後覺的頓了下，抬起頭看向林夫人，只見她臉色不悅，掃了幾人一眼。

「今日一早，我便派人去陸家退婚了，從今往後，陸家的事與我林家無關。」

眾人聽到這話，一時間心裡直咂舌，林家動作還真快，這婚說退就退了。

說話之間，時辰已經到了，禮部派人來唱名次，每叫到一人的名次，便給其家眷褒獎及分發賞賜，待叫到二甲名次，蕓娘突然感覺身邊有人站起來，不小心絆了下，差點栽倒在桌邊。

她急忙扶住她，那是個三十來歲的婦人，膚色偏黑黃，即使穿著新衣，還是與這宴會有些格格不入。

「多謝。」

婦人侷促地點點頭，蕓娘扶住她，才感到她身子有些顫抖，那淳樸的臉上寫滿了不自信，蕓娘沒來由想到了自己，她笑了笑。

「別緊張，這汴京城又不吃人，做自己便好。」

婦人黝黑的臉上泛起些紅。

「我、我鄉下來的，不懂規矩，怕人笑我。」

蕓娘看了她一眼，微微笑了笑。

「誰都不是天生就懂這些的，放寬心，旁人的話別放心裡去。」

那婦人聽到這話，似有了些自信，微微抬起頭，直起身子向著前面走去，待回來的時候，悄悄扯了扯蕓娘的衣角。

「小娘子，多謝妳了，我叫江秋月，回頭我給妳送些特產去。」

本來想說不用了，但看著她眼神淳樸地巴巴望著她，想是怕她拒絕，蕓娘心裡一軟，笑咪咪道：「好啊。」

「一甲頭名狀元，顧言的家眷可到了啊？」

話音將落，大廳內陡然安靜了下來。

蕓娘撣了撣裙角站起身來，揚著頭向著前面走去。

想著剛才的流言蜚語，眾人只是默默打量審視著那個柳條般嬝娜的身影，不多一言。

「這小娘子著實漂亮，若她真的是陸家小姐，那當初配林公子也……」

有人默默打量著蕓娘，小聲議論著，林夫人冷著面皮，眼睛上下細細一掃，凌厲打斷道：「我兒絕不會喜歡這種浮浪子！也不是誰都能進我林家的門！」

就在這個時候，一個內侍慌慌張張跑過來。「不、不好了！」

「怎麼了？」

人群中響起竊竊私語。

「那、那榜眼林大人與狀元顧大人打起來了！」

「這怎麼可能？我兒向來是明理知行，怎麼會與人起爭執？」

林夫人擰著眉頭，搖曳的明燭給高顴骨灑下一片肅穆的光，眼神凌厲地射向傳話的人，門邊的內侍被這目光刺得哆嗦了下。

蕓娘也是一怔，望向門邊那點提燈光亮，顧言那副性子，會和人當眾動手她實在不相信。

「這、這剛巡了一輪酒賦，林大人念了首詩給顧大人聽，那、那顧大人聽完臉色就不對了，後來兩位大人就打起來，旁人拉都拉不住。」

有那看熱鬧不嫌事大的女眷巴著桌沿追問道：「是念了什麼詩？」

「林大人說、說……」內侍瞟了眼蕓娘，一字一句道：「莫以今時寵，難忘舊日恩，看花滿眼淚，不共楚王言。」

這話音將落，廳內響起一片抽氣聲，映著燭光點點，散開在宴席之間，有那不知所以的拉著旁人小聲問：「誒，這詩是什麼意思？」

「這是寫那息夫人的，說楚王奪妻，今日這話林榜眼說給顧狀元聽……嘖……」

有些話不用明說，留個結尾更引人遐想。

蕓娘心裡「咯噔」一下，目光從四面八方聚集在她身上，那眼神不像剛才多是輕蔑不屑，而是認認真真、仔仔細細地要在她身上探個究竟。

林夫人站起身來，瞟了蕓娘一眼，目光裡寒氣逼人。

「蜚短流長，沒個影兒的話最容易造謠生事，我林家也是清流，可禁不起這麼糟踐，老婦自去問個清楚。」

話落，林夫人轉身帶著僕役出了大廳，蕓娘一挑細眉，屏去那些射來的目光，提起裙襬也大步跨出了大廳。

迴廊裡匆忙地映過腳步和燈光，袖口在廊間風中微擺，走路間帶起陣陣細風，八角燈裡的火苗明明滅滅，焦急地撩起又放下。

「胡鬧！」

剛到一處偏廳門外，就聽見裡面傳出的年邁聲音穿透夜色。

「一個狀元、一個榜眼，士人榜首，天子門生，在這瓊林宴上竟打了起來，君子之道，治世之言，在你們眼裡算什麼？看看你們這副樣子，還是我大周未來的中流砥柱、股肱之臣嗎？簡直是荒唐！荒唐至極！」

蕓娘聽到這話，心裡一跳，林夫人已經煞白了臉，站在門邊大氣都不敢喘。

裡面的人說完話，氣沖沖地走了出來，竟是崔大人為首，後面跟著幾位面容肅穆的老大臣，蕓娘急忙壓低了眼，福下身子，待一行紫袍袍角滾滾消失在廊彎，這才敢抬起頭。

「賀朝，可有傷到哪裡？」

林夫人甩開僕人撲了進去，蕓娘跟在身後也跨進廳內，顧言臉色平靜，依舊波瀾不驚，正慢條斯理地整著袖口，絲毫不像剛與人動手打架的模樣。

蕓娘走到顧言跟前，低頭看到顧言嘴角的殷紅，在臉上分外刺眼，捻起帕角給他擦去唇邊的紅跡，卻見顧言垂下眼幽幽看向她，有股淡淡酒味蔓延過來。

她指尖微微一頓，藉著那燈光跳動，帕子輕輕在他下巴擦了下，輕聲道：「我都聽人說了，你是瘋了不成？不就是兩句詩嗎？有什麼？那麼難的路都走過來了，沒必要在這時落人口實。」

顧言這才神色稍動，眼角微挑，眼裡卻是說不出的冷冽。

「那就讓他們說去。」

林賀朝聽到兩人對話，抬起臉朝那邊看了一眼，臉上也是有些破相，神色略有些複雜，清秀的眉頭蹙起又放下，微微垂下眼簾。

林老夫人看著他這副模樣，手裡的帕子直抖。

「賀朝，今日必是有什麼誤會吧，是不是你酒醉說了胡話，這要傳出去……」

「母親。」林賀朝半邊臉隱在陰影之中，冷冷開口。「我知道我在做什麼。」

「你知道？你知道些什麼？」林夫人在一旁聲嘶力竭道：「今日瓊林宴，聖人隆恩，當著那麼多大臣士子的面，你、你說這種胡話，你、你讓我林家日後還怎麼在朝中立足？讓我林家的名聲置於何地？」

林賀朝蹙起眉頭，食指微微揉在太陽穴處。

「名聲名聲，母親，我到底算個什麼物件還是人？」

林老夫人抖著帕子。「賀朝，你在說些什麼啊？你大好年華，如今又高中榜眼，旁人羨慕都來不及……」

「母親，夠了。」

林賀朝閉了閉眼，直起身子，在眾人目光中走向對面，顧言抬眼看他，盡是寒意。

林賀朝勾起嘴角，自嘲一句。「我不想和你再動手。」

他轉過頭看向身旁的女子，微微抬眼。

「蕓娘……可否、可否單獨與妳說幾句話？」

顧言聽完，眉毛一挑，撩起眼皮，目光幽幽，對林賀朝看都沒看，拉起蕓娘就往外走，可身後那聲音又響起——

「我、我就說兩句，今夜過後，我絕不再糾纏。」

「賀朝！」林老夫人恨鐵不成鋼地喝了聲。

蕓娘腳步頓了下，顧言撇過頭，目光探究地看向她，她咬了咬嘴唇，扭過身，回頭一掃廳內的人，最終目光坦蕩地落向站著的那人。

「好，我身正不怕影子斜，既然要說，今日我就同林公子把話說個明白。」

廊下吹來晚風，夜色中泛著些青色，將搖晃的枝葉籠在這朦朧的黑青之中，一樣的夜，分不清是前世還是今生。

「蕓娘。」林賀朝立在拐角處，別過眼。「我、我今日也是酒喝多了些，不是有意的。」

「啪！」

蕓娘一巴掌搧到林賀朝臉上，他微微側過半邊臉，讓那光映出半邊清晰的下頷稜角。

「林公子，我與你無冤無仇，可你今夜提到那詩，是把我置在何地？」

廊下只聽得些風聲，半晌，才聽見聲音響起。

「我、我不甘心。」

蕓娘愣了下，看向林賀朝，只見他仰著腦袋靠在牆上，一雙眼望著她，悠悠道：「我這一輩子活得循規蹈矩，像是這汴京城繁華下的一塊石頭，沒意思透了。可、可我在那日國公府宴上見到妳的第一眼，便覺得妳不一樣，妳同我不一樣，蕓娘，我以前不敢承認，我喜歡妳。」

「你……」

蕓娘後退了一步，只覺得像是被什麼東西重擊了下，猛然驚醒，她這一世沒有在宴席上和林賀朝打過照面，那他、他……

「我就知道，妳也沒忘。」

林賀朝的聲音在夜色中迴盪，他向前走了一步。

「看到妳站在顧言身旁，我就知道妳還記得上一世的事，上一世是我做得不對，輕信了旁人的話，可明明妳是先遇見我的，明明妳與我是先見面的。」

說著，他顫抖著手想去拉她的手腕，蕓娘卻甩開他的手，抬起眼看向他，他也看向她，把手微微蜷縮起來，緊握在身側。

「為什麼？難不成我真的不如顧言嗎？」

蕓娘杏眼在燈下泛著清透的亮，看著他緩緩開口。「是，你不如。」

有風帶起髮絲，她抬起眼，一字一句道：「林賀朝，你想要的究竟是我，還是打破這循規蹈矩的生活？若是前者，上一世你林家公子動動手指就能拉我出泥潭，可你做了什麼呢？若是後者，那也別拿我陸蕓作藉口。你是不如顧言，顧言想要什麼便會去做，縱使世人罵我、欺負我，他也會拚了命地護著我，他說要給我榮華富貴，轉眼便是金榜題名，而不是在這裡發酒瘋。」

說完，蕓娘沒再多停留，轉身踩著夜風出了長廊，沒走出幾步，只見顧言就立在廊下，一身紅衣沾染了寒意，不知道剛才的話聽了多少，夜色中看不清神色。

蕓娘快走兩步到他面前，拉了拉他的衣角，有些心虛道：「都說清楚了，走吧。」

顧言一反常態，只瞥了眼她身後，也沒再多問她來龍去脈。

兩人走出苑子，賓客四下散去，這門外長街也沒了來時的喧鬧，蕓娘提起裙角正要朝著停在路邊的馬車走去，可剛跨出去一步，手腕就被一拉，整個人被帶到馬上，還沒等她反應過來，只聽身前人一打鞭子低喝一聲，凌厲得似夜風中劃破長風的聲音。

篤篤的馬蹄聲在長街上響起，蕓娘彷彿被人攏在懷裡一般，淡淡的酒味從風中傳來。馬馳過白日裡看過的宣德門，馳過舊巷新街，紅色的衣袍灌滿了長風，馬蹄聲響徹長街，所到之處帶起微風，汴河畔枝頭的花捲落在身上，蕓娘靠在身後人胸膛裡，仰頭任由那夜風擦過臉側。

「我白日就是在這裡看到了妳。」

那胸膛微震，清朗的聲音從頭頂傳來。

「我也聽見了妳的聲音，可一轉身就是尋不到妳。」

想到白日裡的那場景和那些人的話，蕓娘望著遠處化不開的濃稠黑夜，帶著些自己都沒發覺的委屈道：「狀元提名，他們都擠著想看你，我也擠不進去，再說那麼多人，我去不去也就沒那麼重要了。」

身後人聽到這話，抿了抿唇，倒是沒說話，一揚馬鞭，飛馳到了城門樓前，守城門的巡兵把他們攔了下來。

「什麼時辰了，還敢闖城門？」

可待看到燈照亮來人的紅袍，又是一激靈，這不是白日裡的狀元郎嗎？

只聽他端坐在馬上，一副謫仙面貌，聲音清朗。

「我帶家眷有要事要出城，還望容個方便。」

守城的掃了眼他懷裡，只見有個人影縮在裡面，看不清面貌，匆匆一瞥，急忙垂下頭，連稱客氣，將人放行了出去。

馬蹄聲順著官道駛出去，直到了靠近城池最近南山的半山處，立在山腰處，任由那風吹過兩人髮絲，蕓娘望著山下汴京城裡的點點燈光，如夜空中的星星點點。

「顧言，我們來這裡做什麼？」

只聽那聲音在身後淡淡道：「今日遊街的時候我就在想，一個人看景沒什麼意思，若得空，我一定要打馬帶妳看盡這汴京城。」

蕓娘怔了下，扭過頭望向身後人，只見那雙眸子彷彿映著皓月長空，又彷彿在那裡有她的影子。

「蕓娘，妳很重要，起碼在我心裡，妳比任何人都重要。」

第十四章

「聖人可休息了？」

暮色沈沈的大殿外壓著積雲，像是個牢籠把人鎖在這皇城之內，風中帶來黃紙符咒燒化的灰燼味，沈甸甸地壓在心頭，讓人喘不過氣來。

裕王站在殿外，看著眼前弓著腰的大太監陳榮，只見他雖卑躬屈膝的樣子，可那話裡卻一點也不落人下。

「回殿下，聖人這幾日才做了法事，身體虛弱，怕是不大方便見殿下。」

裕王聽到這話，冷笑一聲，這老東西自從和老三勾搭上，慣會幹些瞞天過海的營生，宮裡的人慣常有個念想才好拿捏，可這老東西沒了念想，倒越發地貪婪。

他壓低了聲音。「我說陳公公，是聖人不大方便見，還是你讓聖人不大方便見？」

陳榮敷了白粉的面皮一沈，操著尖細的嗓子道：「殿下說這話，老奴可就聽不懂了。」

裕王上前一步，俯下身子，望著遠處那半圓的落日餘暉，微微瞇起眼。

「陳公公，我要是你，就不會把寶押在一個人身上，否則你那柳巷後院埋著的那麼多金銀珠寶怕是沒命享了。」

陳榮身形不動，像是釘在了原地一樣，待那影子拉出去些，他才抬眼。

「殿下，老奴不過是條狗，殿下何必跟老奴一般見識？聖人醒著呢，只是吃了仙丹又吐了血，心情不大好，殿下進去後慎言。」

說完，陳榮側開身子，頭垂得低低的，似要與那影子融在一處。

裕王只瞄了他一眼，便收回目光，從他身邊掠過，一腳踏進陰沈沈大殿之中。

明明外面還有餘暉的光，可到了這殿裡，只覺得四處都是森森的陰冷，層層帷幔後坐著一個老者，他穿著寬大的道袍，形容枯槁，像個被掏空的軀殼坐在這寬大的基座之上，咳嗽聲從帷幔後傳來。

裕王在殿中站住，行了個禮，低下頭恭敬道：「父皇。」

帷幔後的人深深喘了口氣，目光掃了眼底下的人，拉長了嗓音。「可是為了那新科狀元而來？」

裕王神色未動，在這瑩瑩燭光之中開口道：「父皇，顧言文試出身，現封翰林院學士倒是合理，可要再派到西北賑災，怕是不合常理吧。」

「西北怎麼了？」老皇帝用帕子捂住嘴，輕輕咳嗽兩聲。「現如今朝中都是一堆老傢伙，不讓他去，難不成讓那些七老八十的去西北吃沙？」

「倒也不是如此……」

裕王擰緊眉頭，關鍵是景王的封地就在隴右，西北今年鬧蝗災，一分錢都沒落下，要說跟老三沒一點關係，朝中上下誰會信？再加上邊關又不太平，讓狀元出身的顧言去，到時候悄無聲息地死在漠北都沒人知道。

「老二啊，雖然太子那事終究是有隱情，但你不想做第二個太子吧。」

蒼老的話音從帷幔後傳過來，裕王背後一涼，急忙雙腿跪在地上，額頭抵住冰涼的地板。上回在殿試時，只翻了太子私藏祥瑞的案子，給顧家洗了冤，重創了舊黨，可到底是沒把老三的手扯進來，要說心裡沒半點不甘心倒也不是真的，裕王張了張嘴。

「父皇明鑒，兒臣絕無此心，倒是三弟……」

「夠了。」老皇帝一隻手撫住額角。「朕服用了仙丹，道長說不能多操勞，身子乏，下去吧。」

裕王僵在原地，看了眼那帷幔後的人，舌頭動了動，可一個字也沒發出聲來，只得跪著伏下身子告退。

待裕王出了大殿，帷幔動了動，從帷幔後緩緩走出一人。

那人立在老皇帝身側，低眉順眼道：「父皇。」

龍椅上的人深深嘆口氣，話音攪在香爐的煙霧裡，迴盪在這空蕩蕩的大殿上。「朕這身子是一天不如一天了，邵道長怎麼說？」

「邵道長說父皇需要盡快作法，才能延年益壽。」景王抬頭看了眼前人，幽幽道：「父皇放心，那人已經找到了，正是陸家的那親女陸蕓，本想讓陸家不動聲色地解決此女，但誰知陸家沒用，反讓此女嫁了人，現在鬧得滿城風雨，這次兒臣親自出手，必將此女送上祭壇。」

「這也是你讓顧言去西北的原因？」老皇帝瞟了他一眼，悠悠道：「老三，別以為你打著什麼心思朕不清楚，太子雖懦弱些，可若不是有人慫恿，他會殺了巡撫司使？」

景王聽到這話，變了臉色，立即雙腿一彎跪在地上。

「父皇，兒臣一直殫精竭慮為父皇著想，絕沒有其他心思。」

老皇帝仰著腦袋，望著懸梁上的飛龍。

「你們最好沒有，朕知道，你們都盼著朕死，可仙人說朕死不了，這江山到底是朕的，誰也拿不走……」

悠悠聲音散在香爐的煙霧之中，景王垂下頭，把眼裡的厭惡和貪婪壓在眼底，嘴角微微勾起一絲弧度。

「顧家娘子！」

清晨的陽光灑在街面上，昨日放榜過後，汴京城裡又恢復了往日的平靜，蕓娘被顧言帶上馬，連夜城外城內跑了一圈，回到家天剛泛亮那聖旨就到了，跟以往的狀元郎一樣，顧言被分去了翰林院，等顧言前腳去述職，蕓娘剛打算睡個回籠覺，就聽見有人敲門。

蕓娘打著哈欠，一拉開門就見那車簾一掀開，一個臉熟的人下車來。

蕓娘愣了下，這才想起是昨日瓊林宴坐她旁邊的那位女眷江秋月，只見她抱著一籃子東西，立在車邊，望著她盈盈直笑。

「可還記得我？多謝妳了，妳都不知道，我昨天當著那麼多人面連路都不會走了。」

窗戶的菱格裡斜斜灑下些光，蕓娘把泥爐拿下來沏上水，見江秋月推了推手邊的籃子，俐落地掰開個杏遞在她手邊。

「快嚐嚐，這是我從老家帶來的，跟汴京的味道就是不一樣。」

蕓娘接過杏笑了笑。「妳也是同妳家相公剛來汴京的？」

「來了有個把月了。」江秋月捂著腮幫子，嘆了口氣。「說了不怕妳笑話，我家裡就是打漁出身的，成親那時，他家裡也窮，都考了好幾年了，誰都覺得他考不上了，這輩子就這樣了，誰知道這回就考上了。今兒一早官職都下來了，說是在禮部做官，當那什麼，起居……注人，說是就在聖人面前晃悠，到現在我都還像在夢裡一樣呢。」

「這不是好事嗎，妳愁什麼？」

蕓娘在桌邊坐下，難得在汴京城遇見這江秋月也是個直腸子，兩人聊起天來倒也不費勁。

江秋月嘆口氣。「唉，以前沒發達的時候覺得他窮，可窮就窮點吧，總算這日子還能過。可現在出人頭地了，反倒是我心底不踏實了，我就是泥腿子，沒讀過書，看著那些小姐夫人，打心裡就犯怵。」

「有什麼犯怵的，不都是一雙眼睛一張嘴，她們不在乎妳，妳也不在乎她們不就結了。」

聽到這話，江秋月也咯咯笑了起來，看向蕓娘道：「我就知道妳和那些人不一樣，昨天那些人說的話客客氣氣，嘴裡可沒一句真心話。」

「妳不怕我也騙妳啊？」蕓娘揶揄她道。

「妳？」江秋月瞟了她一眼，兩條粗眉毛一揚。「我江秋月雖然是鄉下來的，沒見過世面，但也不傻，分得清好人壞人。」

蕓娘笑了笑，江秋月又拉了拉蕓娘，腦袋湊了過來。「妳不知道，昨天妳那事都傳遍了。」

蕓娘一挑眉，看向她。「什麼事？」

「就狀元和榜眼為妳打起來那事啊。」江秋月說起來眉飛色舞。「真有妳的，這事我只在戲文裡看過，妳是不知道，後來席面上那些人說起這事酸的喲……要我看，汴京那些小姐夫人嘴碎起來同我們村裡的婆姨也沒什麼差別，不過就是人打扮得好一點……」

一想起林賀朝昨天那事，蕓娘也是頭大，那人怎麼會記得前世的事呢？她只能硬著頭皮解釋道：「那事是誤會。」

「行了。」江秋月伸起胳膊肘撞了下她。「我可見過妳相公了，那顧狀元長得一副神仙面貌，妳是有什麼特別的法子？」

「什麼、什麼法子……」蕓娘一怔。

江秋月看著她，小麥色的臉上也泛起了一層紅暈。「就、就親熱嘛。」

「我、我沒……」蕓娘臉色泛紅，咬著嘴唇。

「妳不會……」江秋月瞟了她一眼，也怔了下。「妳成親多久了？」

「四、四個月。」

江秋月瞅著她這副格外羞澀的模樣，睜大了眼睛，聲音不由得高了些。「難不成四個月還沒圓房？」

「小聲點，小聲點。」

江秋月把嘴裡的杏核趕忙吐出來，湊到她身邊。「妳家顧狀元看著模樣好看，是不是有什麼問題？我以前村子裡有個郎中做的土方子……」

「沒、沒問題。」說著蕓娘心裡也沒了譜，這顧言平日裡看著身子骨挺好的，可兩人又確實沒怎麼親近過，有些猶豫道：「應該……沒問題吧。」

「瞧妳那害羞樣。」江秋月拉住她的胳膊。「我跟妳說當初我為什麼會看上我相公，他家窮得要死，還背了一屁股債，我圖什麼？就圖他長得好看！但他其實不喜歡我，可成了親後到現在，妳猜怎麼著，照樣對我服服貼貼，男人嘛，妳就得勾著他，否則在外頭給妳搞七拈三的，尤其是做了官，不知道什麼時候心就不在妳這裡了，心不在妳這兒，錢也就不在妳這兒，妳哭都沒地方哭。」

蕓娘聽得雲裡霧裡，可她聽明白了一點，人在錢在，人沒錢沒，直到把江秋月送走了，那話還在耳邊繞著——

「有沒有問題，妳試一試就知道了，可別讓外面的狐狸精把人拐跑了。」

那就……試一試？

蕓娘想了想，開始行動起來。

她打扮了一下，又做了一桌子菜，好不容易盼到天黑，到了顧言回來的時間，她翹首以盼地在房裡等著，終於聽到院子外的馬蹄聲，再是門被推開的聲音，只聽那腳步聲接近，她一轉身，清了清嗓子，「極盡溫柔」地喊了一聲——

「夫君，你回來了～～」

院子裡的顧言聽到這聲音，腳下一頓，目光複雜地看向屋內，思忖了下，還是走了進去。

蕓娘見顧言進來，急忙迎了上去，沒等他自己解開外袍，就上前替他將扣子解開。

顧言盯著她嘴上殷紅的胭脂，眼神有些深邃難測，幽幽道：「今兒怎麼了？」

蕓娘抬起頭，清亮的眼眨了眨。

「沒什麼，我想著你昨日騎馬帶我跑來跑去，今日又早早去了公署，晚上回來定是乏了，今日用了飯不如早些休息。」

顧言一挑眉，沒做言語，只是在桌邊坐下，蕓娘替他盛了碗湯遞過去。

「今日頭一天去述職怎麼樣？可有人為難你？」

顧言鬆了鬆領口，用帕子擦了擦手，接過碗，抬手捏著湯匙舀了兩下，微微吹了吹，慢悠悠道：「那倒也沒有，日後這些人還得分發到六部，我只是按照慣例去走個過場。」

他剛把湯送到嘴裡，眉梢一挑，撩起眼皮看向蕓娘。「這是什麼湯？」

蕓娘撐著下巴，咬咬嘴唇，微微一笑。「清燉牛尾湯。」

聽到這話，顧言有些意料之外，咳嗽了兩下，蕓娘急忙起身替他捋了捋背，她俯下身子。「你看你平日這身子弱的，喝個湯都能岔氣，別是真有什麼問題……」

話還沒說完，蕓娘便覺得手腕被拉住，整個人倒在床上，她仰頭看著上方的人影，他修長白皙的手指拂過她臉側，微微帶著絲涼氣，過了半晌，那聲音似乎是氣極反笑。

「蕓娘，誰告訴妳我有問題的？」

燈下的人跟平日看時不大一樣，薄薄的裡衣隱約能看到結實的胸膛，神情比白日裡有些鬆散隨意，但微挑的鳳眸卻一直望著她。

蕓娘嚥了嚥口水，心怦怦亂跳，手也不知道該放到哪裡，只是縮在胸前，輕輕柔柔喚了一聲。「顧、顧言。」

聽到這聲音，那懸在正上方的陰影向下了些，高挺的鼻子輕輕擦過她的臉側，帶著些旁人不知的耳鬢廝磨，同那次輕輕一吻又猝然結束不同，這次輕輕一點、漸漸加深。

蕓娘只能仰起頭，任那吻落下，雙手環住他的脖子，顧言平時身上有些涼，此時卻是溫熱的。

她看向他，燈影下交錯的睫毛微微顫抖，把那平日裡深邃的眼眸遮擋起來，讓人猜不透心思，可他越是這樣，越是讓人忍不住想要探究。

大概是她眼神過於專注，顧言不由地一挑眉，拉開些距離。

「在看什麼？」

蕓娘伸出一隻手，指尖輕巧地從他的眼尾滑到唇。

顧言的唇峰偏薄，平日看著總有些不盡人意的涼薄，此刻卻紅潤鮮豔得像一朵盛開的花一般。

蕓娘輕輕道：「我想到了那年在雪地裡撿到你時的模樣。」

顧言微微垂下扇一樣的睫毛，若有所思。

「我那時狼狽極了吧？」

「怎麼說呢，」蕓娘仰著頭，似乎陷入了回憶。「我那時覺得這世上怎麼有這麼好看的少年，像是神仙下凡……」

話還沒說完，他堵住了所有話音，平日清冷自持的人動了情就更加動人心魄。

「蕓娘，也只有妳覺得那時的我好了，除了妳，這世上不會再有第二個人這樣待我了。」

「唔。」

蕓娘只覺得臉發燙，身子虛軟，手無措地向下掠過顧言的胸膛，臉上跟火燒一樣，可又到底是女孩子家，臉皮薄，慌亂中把人往身後一推，猛地坐起身來。

「咚。」

只聽一聲響聲，顧言本來個子就高，被她這一推直接撞到床欄上，只見他衣襟微敞，扶住額角坐起在床邊，那白皙的額角上殷紅一片。

蕓娘心裡一慌，急忙探過腦袋關切道：「有沒有事？」

顧言指尖一頓，抬起眼看向她，眼裡情緒略有些說不出口的複雜。

「那、那個，我、我力氣大沒個輕重。」蕓娘滿臉通紅，咬了咬唇，燈下眼睛水汪汪的。「要、要不然我來吧。」

一聽到這話，顧言一挑眉沒再吭聲，只見蕓娘往前坐了坐，湊到他身邊，仰起腦袋，兩人燈下湊成一對。

她壯起膽子把手撫在他的肩上，再往上便是喉結，顧言覺得有些癢，喉結動了動，只聽她嘴裡嘟嘟囔囔。

「也不知道怎麼長的，剛撿來的時候明明瘦得沒二兩肉，現在長得身子骨都這麼硬。」

顧言心裡只覺得好笑，也就只有蕓娘了，旁人這時候哪還有心思想些有的沒的。

蕓娘慢吞吞地靠近，在他唇邊落下一吻，半晌仔細看著他的反應，還不待他說些什麼，又是滿臉通紅。

磨磨蹭蹭半天，還是一動不動的模樣，顧言嘆了口氣，越發覺得剛才撞到的額角抽著疼，不禁嘆了口氣。

「蕓娘……」

蕓娘不明所以地抬起頭，顧言無奈看了她一眼，把她拉進懷裡，指尖捏著她的手，心裡像有一股火，可一看見她這副懵懂模樣，也知道她不懂這些。

顧言微微垂下眼簾，說到底他也沒什麼經驗，初識情慾，也是怕自己控制不住，他想到今日裕王派李三郎給他傳的話，要跟他見面，談談後續分派事宜。

照一般情況如果日後想進內閣，自然是要外派歷練累積經驗，可是如今裕王能親自出面找他，那想必是聖人給他的這個外派非同一般。

一想到朝堂上那些明裡暗裡、風起雲湧，顧言神色微斂，停了半晌，瞥了蕓娘一眼，心裡那股火也冷了下來。

他下床倒了杯茶，任茶水滑過喉嚨，將心裡的躁動撫平，轉過頭對蕓娘道：「蕓娘，這幾天妳收拾下，要搬家了。」

「搬家？」蕓娘怔了下，望向他。「搬去哪裡？」

顧言撫著茶盞口，悠悠道：「大理寺判決出來了，我顧家雖勸阻太子不力，但謀反的罪名算是洗掉了，今日聖人下旨將之前沒收的顧家財產返還，明日妳就可以和王伯一起回顧家老宅了。」

「這麼說……」

蕓娘一時還沒反應過來，抬頭呆呆望向顧言，只見顧言在燈下粲然一笑。

「蕓娘，我們的窮日子要到頭了。」

天漸漸熱起來，脫去厚實的外袍換上輕衫，空氣中瀰漫著一股躁動的氣息，葡萄架上的綠藤在廳廊間沈悶地搖晃葉子。

「來，來把花瓶搬到那一處。」

顧家老宅裡，王伯正指揮著新來的下人把東西搬進院子裡，蕓娘想要幫把手，王伯偏不讓，說這些活計讓下人做就好。

蕓娘幹慣了活，一時間就讓她這麼乾看著還有些不知所措，她站了半天，最後倚在欄干處，撐著下巴望著來來往往的人，嘆了口氣。

她最近大概有哪裡不對勁，要不為什麼這兩天，腦子裡總是揮之不去那天顧言吻她的模樣，連夢裡都是顧言的臉？

顧言靠過來的時候，眼睛上挑，帶著些風月色，鼻梁是挺直的，那嘴唇顏色淡了些，可看著偏那麼撩人。

兩人靠得很近，呼吸相接，要不是她使勁推了下……

想著想著，蕓娘更覺得這空氣悶熱起來，又長長嘆了口氣。

「妳說說妳，哪有住這麼大宅子還唉聲嘆氣的。」

一旁的江秋月瞥了她一眼，把嘴裡的瓜子殼放在手邊堆成了座小山。

「誒，上回妳和妳相公怎麼樣？」

蕓娘臉一紅，結結巴巴道：「就、就那樣。」

「還沒成啊？」

一看她這副模樣，江秋月揚起了眉頭，聲音大了些，蕓娘只能把她肩頭堪堪摁住，看了看四下搬東西的僕人。

「小聲點，讓人知道怪不好意思的。」

江秋月怒其不爭地看了她一眼，琢磨了下，湊前問道：「蕓娘，妳是不是不懂男女之情啊？」

「我懂，我懂……」

蕓娘想著這幾日自己的反常，說這話有些沒底氣，她揚起臉看向江秋月。

「妳說，要是白天黑夜心裡老惦記一個人，總是忍不住偷偷想是為什麼？」

「這不就是害相思了嘛。」江秋月揶揄地看了她一眼。「是對妳家顧相公吧？」

她喜歡顧言？蕓娘愣了下，只覺得這情感來得陌生又突然，她、她明明只想靠著顧言發財，什麼時候喜歡上他了呢，不對，不可能，定是這段時間事情太忙了，對，是她胡思亂想。

「不過妳家相公也奇怪，身體看來沒有毛病，為什麼不碰妳呀，難不成……」

江秋月皺起眉頭，看向蕓娘，蕓娘也望向她，心裡一跳。

「難不成他外頭有人了？」

看著她那一臉懵，江秋月撫了撫她的手。

「妳呀，可上點心吧，這汴京不比咱們鄉下，妳家顧大人是新貴，現如今這家業又恢復了，不知多少人眼熱盯著呢，別到時突然給妳整個外室出來妳都不知道。」

待到江秋月走了，蕓娘咬了咬唇坐在椅子上，廳外有風吹來，她拿起手邊的團扇搖了兩下，心裡還是煩躁，正巧王伯從眼前走過，她叫住他。

「誒，王伯，顧言走的時候沒有說今日幾時回來？」

王伯作了個揖。「大人說今日有應酬，恐回來晚些，走的時候交代了，讓夫人不用給他留飯，早些休息。」

這話平常時候顧言也說，蕓娘聽到也就過去了，可今日聽到這話，再想到剛才江秋月那些話，沒來由心下一凜，順嘴多問了句。「那王伯，你可知道顧言今日去哪裡應酬？」

王伯想了想，招來一個小廝問了兩句，回蕓娘道：「回夫人，應是去寺南街錄事巷子裡，這幾日車伕都去那裡。」

寺南街錄事巷，那不是有名的花坊嗎？蕓娘心裡一跳，凳子上像是被火燎過一樣，再也坐不住了，她猛地站起來。

「王伯，替我備車。」

王伯一怔。「夫人，這是要去哪裡啊？」

蕓娘蹙起眉頭，一拍桌子，震得那花瓶都抖了三抖。

「錄事巷。我倒要看看那花坊夜景到底有多好看。」

夜風揚起燈籠，帶起夜色中的曖昧旖旎，蕓娘戴著帷帽挑起車簾，總覺得這畫舫遊船間有股說不清的脂粉味，正是到了初夏夜，這裡輕紗舞弄，水燈在汴河上散開，迷濛光亮中歌女的聲音順著河面飄來。

「夫人，這就到了，這錄事巷入了夜到處都是畫舫，教坊也是張燈結彩的，妳瞧那間最大的就是豐樂樓，聽說從揚州請了好些歌姬，這幾日可是出盡了風頭。」

蕓娘仰起腦袋看向豐樂樓，門首掛著彩樓歡門，燈燭熒煌，上下相照，看著與其他花樓不同，雕梁畫棟多了番南方水鄉的意味，難怪樓外停了好些氣派官家馬車，在這些馬車裡，蕓娘瞧見了顧府的車，轉身便走進門裡。

剛一進門那花娘便迎了出來，上下一打量，臉上堆上些笑。

「喲，夫人，您一位來的？今兒新來了幾個伶人曲兒唱得都好，要不要聽一聽？」

蕓娘哪曾見過這陣仗，可到底是不能露了怯，她看了眼那花枝招展的花娘道：「我聽聞你們這裡來了幾個漂亮歌妓，不知道能不能聽她們唱曲？」

花娘瞥了她一眼，眼珠子一轉，帕子捂在嘴邊。

「夫人說笑了，那些都是給爺兒們看的花架子，再說今日有貴人在，姑娘們早都叫出去了。」說著，她湊到蕓娘跟前。「夫人要是不滿意，我們這兒還有幾位公子，長得也是一等一。」

蕓娘心裡只惦記著顧言在哪兒，順嘴道：「那就叫個公子來吧。」

「好咧。」

說著花娘喚一個人過來，蕓娘一看，這花坊裡的公子平心而論長得也算清秀，可不知是顧言看多了還是怎樣，就是感覺哪裡都差了一截，怎麼也入不了眼。

他行了個禮，也不多言，轉身在前面帶路上樓，蕓娘跟在後面，眼睛滴溜溜地轉，四下打量。

沒想到這樓裡廳院還挺大，四周廊廡相映，格子間裡吊窗花燭，各垂簾幕，倒是隱蔽得當，只有偶爾聽到些笑聲傳來。

正要拐角上樓，突然見幾個薄紗舞妓從樓上走下來，細碎的悄聲細語傳到耳邊——

「剛那貴客年紀輕輕，長得真是好，就是人冷了些。」

「可不是，一看就是做大官的。」

蕓娘一頓，腳上沒再跟著前面人走，而是朝著那幾個舞妓來的方向走去。

來到閣子間外，只聽到有些話音傳出來，倒也不是別人，聽著耳熟，竟然是大嗓門李三郎的，裡面應還有幾人，豔麗哀切的曲子從內傳出來，那些聲音隱隱有些聽不清。

但是她直覺顧言就在裡面，一想到剛才那些穿著暴露的舞姬，蕓娘心裡燒起一股說不出來的火氣。

偏那屋子裡還一副晏晏笙歌的景象，待聽到歌妓清脆的笑聲傳出來，蕓娘就徹底忍不住了，這才做官幾日，顧言就在這裡鶯歌燕舞？

「夫人。」

那公子尋來看她站在門邊喚了一聲，可為時已晚，只見那麼個嬌小的女子，穿著襴裙，只一腳便踹開了厚實的木門。

「顧言！你給我出來！」

只見門轟然倒下，屋子裡的情形也暴露在眼皮子底下，唱曲的歌妓呆在一旁，裡面坐著的人都是一怔，蕓娘一眼看見坐在最旁邊發怔的顧言，緊接著就是左擁右抱放浪形骸的李三郎，火一下子竄上來。

「好你個李三郎！我就知道是你帶壞顧言！」

蕓娘擼起袖子左右一看，從花架子上揀起個木撐子，左右三尺長，倒也順手，氣沖沖地就衝了上去。

李三郎可見識過蕓娘的怪力，鬆開嬌弱的歌妓，驚恐向後一跳。「誒，妳、妳，陸蕓妳冷靜一下，等、等一下。」

「虧我還送你那麼多東西，你竟然拐顧言來這裡。」

蕓娘越說越氣，追著他滿屋子跑，李三郎朝著身後喊了聲。「顧、顧言，你、你把她勸一下啊，真打起來會出人命的啊。」

顧言急忙起身，拉住蕓娘胳膊往懷裡帶，蕓娘回頭瞥了他一眼，直接給他一個胳膊肘。

「你也跑不了，敢來喝花酒，回去再收拾你。」

顧言吃痛地一挑眉，蕓娘轉過頭繼續看向李三郎，擼起胳膊就要往前衝，突然幾個高大的黑衣侍衛不知從哪裡冒了出來。

「顧言，你家娘子倒真是不負虛名。」

一個冷冽的聲音響起，蕓娘這才發現屋子裡還坐著一人。

這人長相說不出多出彩，眉宇間略顯老成，但通身的氣勢不一般，交領寬袖的錦袍在他身上卻不顯得張揚，舉手投足之間，自帶幾分威嚴。

蕓娘一愣，只聽顧言湊到她耳邊道：「這是裕王。」

啊，這……蕓娘心裡一凜，四下一環顧，雖然有歌妓，但好像沒什麼奢靡旖旎氣氛，再看這守備森嚴的侍衛，分明是有要事在商量。

蕓娘嚥了嚥口水，這才知道自己誤會鬧了笑話，急忙把手裡的木撐子藏在身後，低下頭福了福身子，也沒了剛才的氣勢，聲音跟蚊子似的。

「參、參見裕王殿下。」

顧言擋在蕓娘身前，向裕王行了一禮道：「蕓娘性子直，定是擔心我未歸家才猛然闖進來，還請殿下不要怪罪。」

裕王擺擺手，特別看了眼蕓娘。「沒事，這就是引得你和林賀朝打架的美人？」

美人？蕓娘嘴角抽了下，有些心虛地把頭低得更深了。

顧言垂下眼道：「殿下，事情也談得差不多，那我就帶著娘子先回去了。」

說完，顧言看了眼蕓娘，拉著她的手就往外走，只聽一個聲音悠悠在身後響起——

「顧言，我跟你說的西北那事你也早做打算，最遲月底。」

蕓娘猛地抬起頭，西北？

她看向顧言，可顧言只回過頭看了她一眼，便淡淡收回眼。

一會兒後，兩人坐在馬車上，蕓娘想著剛才聽到的話，心裡糾結了下，還是沒忍住地向顧言問道：「剛說的什麼西北啊？」

顧言頓了下，臉微微側了側，瞟了她一眼解釋。「西北今年鬧蝗災，再加上邊關總有外蒙來犯，聖人派我去西北做參軍。」

什麼？他要去邊關？

蕓娘愣了下，追問道：「要去多久？」

「說不準。」顧言頓了下。「短則一、兩月，長則兩、三年也有可能。」

蕓娘抬眼望向他，顧言也回望向她，口氣像是在交代著什麼。「妳就在京城等我，如果我回不來，妳……」

聽到這裡，蕓娘怔了下，只那麼看著他，一句話都沒說出口，心裡因這突如其來的消息亂做一團。

回到顧府，兩人下了馬車進了屋，蕓娘洗漱之後，坐在床邊，望著穿堂風吹著燭光起起滅滅，一顆心也跟著起伏不定。

上一世她不記得顧言有沒有去過西北，按理說她留在汴京倒是個好事，吃穿不愁，任由顧言在邊關廝殺，她只管做她的官太太就成，可這時蕓娘卻只覺得放心不下，也不知道是放心不下顧言，還是放心不下這前世沒有的西北行會斷送顧言的前途。

待到顧言換了衣裳，正要吹熄那燈裡的蠟燭，蕓娘猛地起身，一把拉住顧言的手，把憋了一晚上的話說了出來。

「顧言，我跟你一起走。」

顧言抬眸看了她一眼，蹙起眉頭。「西北亂，又離景王的封地近，恐生禍端，妳留在京城衣食無憂，更安全些。」

蕓娘也覺得本該是如此，可心裡就是不安寧，對，一定是她擔心顧言出事，畢竟、畢竟他還沒當上首輔呢，他欠她這麼多，這帳不能這麼不清不楚地抹了，好歹她跟在身邊還能有個起居照應，這麼想著，蕓娘抬眼望向顧言，話音裡多了幾分堅定執拗。

「我同你一起去西北，你去哪，我就去哪。」

顧言沒再說話，只在燈下望著她，半晌輕輕道：「邊關艱苦，妳可想好了？」

蕓娘沒有猶豫，點點頭，望向他。

「想好了……」

話還沒說完，顧言便一把將她摟在懷裡，望著那燭光明滅，只聽他清冽的聲音在她耳邊輕聲道——

「蕓娘，我給了妳機會，既然是妳自己選的，那我便不會再放妳走。」

剛至小滿，熱風颳過京郊的田間地壟，沈甸甸的麥穗壓彎了麥稈，田邊官道上正駛過一列長長的車隊，塵土飛揚，一眼望不到頭。

有那農人頂著烈日直起腰來，瞇眼望道：「好氣派的排場，這又是朝中哪位大臣外放？」

旁人望了眼車隊行駛的方向，辨認了一番道：「算日子，應是那新科狀元顧大人，這是去西北的。」

「西北，唉，可惜了這年紀輕輕的狀元郎啊。」那農人嘆道：「關外黃沙，赤地千里，匪盜猖獗，寇騎橫行，此去一行，怕是不知生死咯……」

車輪骨碌碌地從土路上壓過，不時晃動一下，蕓娘靠在車壁上，膝頭上攤著些花樣子，她抿了抿嘴，手指靈活地將棉線從針孔中穿了過去，一旁小丫鬟坐在那纏著線，臉蛋也是圓圓的，一副稚氣未脫的模樣。

「夫人，我看大人腳上的靴子是官靴，都是極好的料子，怎麼還要做鞋？」

蕓娘沒抬頭，專心將針穿透布料，再使力氣拔出來。

「妳不懂，官靴料子是好，還是軟了些，這一路上騎馬時間長，靴頭有硬度，下馬的時候才索利，就算傷著了也不會疼。」

話音剛落，車簾被馬鞭打起，人影從車窗外透進來，男人清冷的眼神一掃過車裡的人兒，就像是晴空萬里中的碎雲，豔陽中掩不住的柔意。

「這太費神了，橫豎路上也能買。」

「外頭買的，怎麼比得上自己做的？」蕓娘抬頭瞟了他一眼。「再說，我反正閒著也沒事，做這個很快呢，等完了，我再給你做兩雙軟履，這樣晚上休息的時候穿著舒坦。喏，把線遞給我。」

小丫鬟把手裡的線遞過去，在兩人間瞟了眼，小聲道：「夫人，妳對大人可真上心，京城裡哪有大戶人家夫人親自做這些的。」

蕓娘手裡的針線活一頓，抬頭瞟了眼顧言，僵著脖子對小丫鬟道：「誰、誰上心了，我、我就是閒著沒事做嘛。」

車窗外的人沒再說什麼，可眼角眉梢掩不住地上挑，他似笑非笑地瞟了眼蕓娘，揚起鞭子一打馬，從窗邊猛地掠過，帶起陣陣風浪和車內人的小聲驚呼。

「顧言！」

蕓娘放下掩住的手腕，滿面通紅地扒著窗框，可只看到前面衣袍翩飛的背影。

顧言迎著風跑到隊伍頭，遠遠就看見一隊人騎著馬堵住去路，顧言猛地拉住韁繩，側身看向面前的人。

最前面的李三郎騎在馬上，拉著韁繩，揚起頭瞇著眼看向他，只見他啐了口唾沫，把手裡的東西扔給他，顧言接住掂了掂，揚起眉毛回望向他。

「祖父給你的，裡面有套軟甲，還有他當年三破胡虜隨身帶的步槊，雖然你不是練家子出身，且當防身了。」

顧言抖落下布疋，只見那尖銳的軟甲稜在光下泛著凜凜寒光。

李三郎慢悠悠打馬走近，側身望向他，目光幽幽。

「這可是好東西，甭管是明光甲還是那鎖子鱗，一戳就破，我求了祖父這麼多年，到頭來還是給你了。」說話間，李三郎向前趨身，落下一片陰影，不動聲色地低聲道：「前面山溝，裕王給了你五百人，都是我國公府練出來的好手，不輸那景王的西北邊軍，現在兵部人多眼雜，我一時抽不開身，裕王的意思是你挺到延綏，我到時帶兵增援。」

顧言聽到這話，垂下眼簾，微微一點頭，正要拉住轡繩回轉——

「還有……祖父說了……」

李三郎出聲，顧言撩起眼皮，定定看向他，李三郎也直起身子，瞟了他身後的車隊一眼，勾起嘴角。

「活著回來，他想抱外孫了。」

說完，不待顧言再說什麼，李三郎在烈日下一揚手，拉起馬轡繩，馬蹄騰空聲長鳴，只聽他打了個長哨，揚眉對身後朗聲道：「離人行！開道！」

坐在馬車裡的蕓娘不知道前面到底什麼情況，只知道車隊忽然停了下來，等了一會兒，車隊才又動起來，就在這時，她聽到了一個聲音從車外傳來——

「蕓娘！蕓娘！」

「秋月。」

只見後面竟然駛來一輛馬車，探頭在外面搖著帕子，不是江秋月還有誰？

轉眼，那馬車停在不遠處，江秋月頂著大太陽，下了馬車後小跑過來，額頭上細碎的汗在日頭下反著光。

「怎麼走得這般急？我去找妳的時候，妳都離開了，幸好我相公說了凡是出京都要走這條官道，讓我追上來試試。」

說著，江秋月將懷裡的籃子從車窗那裡塞進來，還有幾個沈甸甸的油紙包。

「這裡煮了好些雞蛋，都是我自己莊子裡養的，還有我老家福州特產，去了北邊就真吃不到了，這路途遙遠的，妳可要照顧好自己，下次、下次見面就不知道什麼時候了……」

說著，話裡有了些哽咽，蕓娘握住她抹帕子的手。

「別擔心，會再見面的，再說了若是妳在京城感到孤單了，想我就給我寫信。」

「我大字不識一個。」江秋月委屈地說：「哪裡會寫……」

「不是有妳家相公嗎？妳養那書呆子那麼久，不正是用的時候嘛。」

江秋月破涕為笑，擦了擦眼角，突然像是想起些什麼，臉色嚴肅起來，左右看了看，又瞥了眼蕓娘身後打著瞌睡的小丫鬟，這才朝她招招手。

蕓娘納悶地湊過耳朵來，小聲問：「怎麼了嗎？」

江秋月看了她一眼。

「我問妳，妳可得罪過宮裡的人？」

宮裡？蕓娘皺起眉頭，心裡一緊，這兩日別的事情把陸家那事衝淡了些，可江秋月這麼一提，她沒來由想到宮裡那個一直找她的人。

「我家相公前日當值回來同我說，他收拾筆墨時，無意間在內殿聽到妳的名字。」

「我的名字？」

「可不是，我相公還說那內殿只有陳榮和聖人能進，所以……」

蕓娘一瞬間像是迷霧透了光，有些想法一瞬間醒悟過來，可緊接著脊背發涼，聖人、聖人怎麼會提她？

「妳可確定？」

江秋月著急地瞟了她一眼。

「我說的妳還信不過？再說了我相公是什麼官，起居郎，我跟妳拍胸脯保證，只要我相公當值，這整個皇宮內就沒有比他消息更靈的了。」

蕓娘嚥了嚥口水，讓心緒穩定下來，她理清了下頭緒，再看了看遠處的人影，回頭看向眼前的江秋月，壓低聲音道：「秋月，此事可能跟我身家性命相關，也可能牽扯的不僅是我一人性命。」

江秋月怔怔地看向她，只聽蕓娘道：「妳還得幫我個忙。」

在車隊不遠處停著一輛馬車，車體寬深，廂門緊閉，坐在車門外的車伕臉色深沈，手上的厚繭透露出一絲不同尋常的意味。

望著那車隊漸行漸遠，趙氏放下簾子，回頭望向坐在對面的人，擰著眉，長長嘆了口氣。「妳這事跟王爺說過沒？」

坐在陰影裡的人，眼皮微抬，雲淡風輕道：「王爺是什麼樣的人物，平日裡忙的都是國家大事，這點小事不值得讓他費心。」

「小事？」趙氏看向她，上下一打量，眼裡多有不屑，冷言道：「妳要跟著去西北，這可不是件小事，更何況現下妳跟我陸家要對陸蕓動手，沒王爺發的話讓我怎麼安心……」

「母親！」

趙氏的話被猛然打斷，她抬眼看向坐在角落裡的陸安歌，只聽她輕輕笑了一聲，不由讓人毛骨悚然。

「現在這局勢，不是景王就是裕王，可陸家搆得上裕王嗎？再說，妳把陸蕓得罪得那般慘，顧言又是裕王手裡的香餑餑，他日裕王登上大典，陸家怕是連死都不知道怎麼死的。」

明明語氣平平淡淡，可趙氏聽了這話只覺得心虛，她嚥了嚥口水。「好歹，好歹，陸蕓也是我親閨女……」

趙氏硬著頭皮說，陸安歌只盯著她，嘴邊帶著一絲笑，似她在說個什麼天大的笑話一般。

「妳要真把陸蕓當閨女，就不會千方百計地讓我把她獻給老皇帝了，母親，在妳心裡，什麼最重要？」

趙氏怔了下，想到出嫁時娘家人的奚落、旁人的白眼嗤笑，不知從什麼時候起，名利就像一把刀插進了她心裡，現下別說是親生女兒，就是得剜肉剔骨，她也願意用來換那滔天的富貴。

沈默良久，她看了陸安歌一眼道：「那妳能保證把陸蕓帶給景王，讓景王奪得聖心，我陸家就能飛黃騰達？」

「我能。」陸安歌斬釘截鐵道。

趙氏一揚眉。「說來妳現在也沒個名分，憑什麼這麼有底氣？」

陸安歌瞥了趙氏一眼，輕輕撫上自己的小腹，甜甜一笑。

「就憑我只要立了這功勞，進了景王府的門，肚子裡這個就是景王長子，不管嫡庶男女，他日景王登基，這便是一位皇子公主。」

顯然這是帖猛藥，趙氏聽到這話，眼睛睜大，不可置信地看向她的小腹。「妳、妳……」

陸安歌又淡淡一笑，那笑容看起來嫵媚俏麗極了，她緩緩道：「母親，妳想將來做皇親國戚，還是一輩子就是個五品官夫人？」

趙氏沈默了下，良久握緊帕子，咬著牙根道：「那就賭一把，我把手裡的家僕都給妳了，還有些門道的人能拿錢買，妳比我清楚。」

陸安歌聽到這話，輕笑道：「女兒自是明白。」

「妳、妳真能把這事做成？」

這一次便是真的沒了退路，趙氏心裡有些打鼓，仍舊不放心的問道。

陸安歌垂下眼睛，細長的手指在小腹上輕輕撫摸。「妳放心，為了他，也一定要成。」

第十五章

傍晚時分，天陰了下來，站在半山腰往北看，這裡是關中和陝北的分界線，再往北便是延綏的南大門宜君縣，厚厚的雲積壓在泛紅的天邊，不遠處黑沈沈的積雲緩緩逼近，黃沙的燥意中帶著些風雨欲來的味道。

馬車上的蕓娘放下簾子，看著這天色總覺得心裡不安生，像會發生些什麼似的。

小丫鬟靠在車門上，歪著頭打盹，蕓娘用牙齒輕輕咬斷了手中的線，車簾被掀起來，一個人上了馬車，帶著一陣風吹了進來。

她抬起眼，輕快地道：「回來得正好，試一試這靴子，好久沒做了，我手都生了。」

顧言挑了挑眉尾，拍了拍袍上的塵土，在她身邊坐下，掀開長袍，換上了新靴子。

「怎麼樣，合不合腳？」

「正好。」

顧言伸著長腿，看著靴子，眉眼止不住地上揚，倒是蕓娘蹙起眉頭，扭頭看了看。

「是嗎？我怎麼覺得前頭太寬呢，誒，你脫下來我再改改。」

蕓娘嘀咕著，擼起袖子，就要去脫靴。

顧言急忙拉住她的手腕，微風吹起些簾角，夕陽的光打在他面上，他倚在車壁，眼角微挑，話音裡多了幾分鬆散暖意。「哪裡需要改？就算是宮裡織造局的手藝，也比不上妳做的。」

「你就是會說些好聽的哄我。」

蕓娘斜眼看了他一眼，直起身子。「那這雙你就先穿著吧，回頭我給你做兩雙，可以換著穿。」

「不用。」

顧言撣了撣靴面，左右看了下。「做這靴子費手，說來說去，已不是從前了，窮得揭不開鍋，一雙布鞋還得讓妳熬夜點燈補個三四回，現下做這東西，勞心費神的不值得，既已有錢，妳隨意使著買就是了。」

蕓娘怔了下，看向顧言，以前窮的時候，顧言的鞋都是她做的，他個子長得快，經常縫縫補補，可沒少費事，沒想到他還記得這些細節，雖說都是過去的事了，可被人感念的感覺就像一股熱氣含在胸口，原來不是前世的自己沒用，處處惹人嫌，而是碰到的人不對，在有心人眼裡，就是芝麻大點的事都會放在心裡，把她捧到天上。

「怎麼了？」顧言看她神色不大對，垂下眼，輕輕地問。

蕓娘回過神來，抬頭看向他。

「這才過了多久的好日子，你就講究起用度來了，好歹在朝為官，真不怕人家揪住這些，在背後罵你？」

顧言挑了挑眉，與她四目相對。

「那就讓他們去罵，人這輩子功成名就之餘總要有點念想，就算日後史書上戳我顧言脊梁骨，只要能讓妳這輩子不再挨餓受凍，那我願一人擔。」

西北乾燥的風順著車簾的開合熱烘烘地吹在她臉上，也似吹在心裡，聽著顧言的話，蕓娘一時不知該說什麼，只覺得今日這情形和她當初把顧言撿回家時想的一點都不一樣，真不知這一路走來到底是哪裡出了差錯，把顧言養成了這樣？

「大人。」

突然車外傳來聲音，顧言神色斂起，起身掀起簾子，看向外面跪著的人。

是裕王派來帶精兵的武將楊望，這一路上不太出聲，是個武將中少有的沈穩性子。

楊望見顧言露面，沈聲道：「派出去的探子回報，宜君那邊不肯派兵護衛，說是三邊總督付廷發話，這附近的民兵都已招撫，讓咱們自己走就行。」

招撫，顧言眯起了眼，眼底泛起寒意。

不見血，怎麼招撫？

風微微帶起面前男人的髮絲，一身玄衣似乎融入黑夜之中。

「大人，不能信他們的鬼話，那付廷不過就是個督察院出身的嘴。」楊望抱拳道：「甘、陝兩地民兵中最厲害的王左桂就在此處，足足有兩千多人，這裡四面環山，是最好的伏擊之地，更何況旁邊就是景王的地盤……」

話沒點明，但聽的人心知肚明，就算繞路躲得過民兵，景王也不會輕易讓他們挺進西北。

「既然如此，那便不招撫，不受降。」

楊望抬頭看向身前側的人，只見那人望著不遠處的宜君縣，衣袍灌滿長風，漸深的天色在他側臉落下一片霜色，只聽那聲音在風裡淡淡道——

「今夜殺人，平亂。」

蕓娘坐在車裡，聽見顧言他們在外面的交談，知道要打仗，心裡直打鼓，可又容不得她怕，既然跟來了西北，她心裡也是早有準備。

馬車外交談聲漸漸小了，過了一會兒，風中傳來兵器盔甲相撞的聲音，馬車外又響起渾厚的聲音——

「夫人，大人安排小的護衛夫人繞道先去宜君縣，大人說，那裡安全些，讓夫人先去等待。」

聞言，雲娘不再遲疑，伸手在門邊小丫鬟身上拍了一下，丫鬟猛然驚醒，看到車前站著刀光凜凜、人高馬大的護衛們，嚇得臉色慘白。

「夫人，這、這是做什麼？」

蕓娘低著頭一邊塞著包裹，一邊道：「快收拾東西，咱們要和隊伍分開走。」

「走，荒郊野外的走去哪？」

小丫鬟眨巴眼睛，歪著腦袋，緊張地抓住裙角，蕓娘看著這惶惶不安的小姑娘，心裡生出些勇氣和擔當來。

她拍了拍她的肩膀，安撫道：「別害怕，去宜君縣，我帶妳去安全的地方。」

夜色漸沈，一輛不起眼的馬車穿透夜色，從偏僻的山道上駛過來，身側若即若離跟著幾個人駕馬護送，馬上的人勁裝短打，給這夜色平添幾分肅殺之氣。

這裡離宜君還有十里，不是本地人很難發現這裡還有條小道，路邊有間破舊的驛館，驛館簷下的孤燈在夜色中暈開些昏黃，給路過的旅人點著了一絲光亮。

馬車經過驛館邊，車簾微動，一個清脆的聲音從裡面傳出來——

「停一下，在這裡休整休整吧，我看你們幾個忙著趕路，都沒吃過一頓囫圇飯，先吃點東西，咱們再走。」

馬上的人一愣，急忙道：「夫人，小的幾個不礙事。」

「怎麼不礙事，不吃東西怎麼有力氣趕路呢？」

車簾挑開，一個女子探出頭來，面容清麗，眉眼間有絲不同於這漠北黃沙的溫婉，雖然看著年齡不大，但聲音聽起來格外有主意。

「聽我的，吃頓熱飯再走也不遲。」

話都說到這裡，馬上的人倒不好再說什麼了。

「那小的幾個就多謝夫人了。」

幾人索利地下馬勘察一圈，這才走進驛館，蕓娘走在幾人之間，身後跟著一個圓頭圓腦的小丫鬟，抱著包裹亦步亦趨地跟在後面。

驛館小廝見有人來了，急忙護著一盞燭光迎出來，護衛擋在蕓娘身前，摸出錢袋扔在櫃檯上。

「備些吃食，再把馬餵飽，要快。」

小廝收了銀子，看著幾人的打扮，眼皮像是被那火苗燙到一樣，急忙垂下眼。按照他的經驗，這時節會來西北的，都不是尋常人家，再看這些人都帶兵器，行動間乾淨俐落，怕不是哪位貴人家眷？

他躬著身子，連連稱喏，小跑到後廚叫廚子生火做飯。

蕓娘挑了個牆角坐下，也是微微鬆了口氣，就是不知顧言那邊情形怎麼樣了，心裡想著，剛把手裡的茶盞添上熱水，突然聽見一聲馬兒嘶鳴聲，轉眼幾個身量高壯的人戴著斗笠走了進來。

身邊的幾個護衛立即繃緊臉色，長刀出鞘，小丫鬟嚇得手上的帕子直打哆嗦，蕓娘皺起眉頭，前後院看了一眼，沒什麼特別的動靜，想到那次被人綁架破門而入的狀況，蕓娘低聲道：「不急，不像是追著咱們來的。」

只見那幾人風塵僕僕，身上穿的也只是普通農人的衣物，卸下斗笠後朝這邊掃了幾眼，一掃到這邊幾人帶刀，其中一人機警地想上前，卻被另一人摁住，看向桌邊那個明顯是主人的女子。

蕓娘面對這種狀況倒是不怎麼膽怯，只是面色如常地喝茶，還刻意表現出些許不耐，責備護衛的話音裡帶著些傲慢。

「跟你們說了多少遍，不要走冤枉路，這下好了吧，得耽誤多久時間才能回去？等回去了可有你們好看。」

那人一掃，只見那女子身旁還跟著個畏首畏尾的小丫鬟，心裡的懷疑褪去了幾分，這才堪堪收回眼，低聲道：「不像是官府的人，別耽誤正事。」

其他人這才紛紛收回目光，蕓娘拿茶盞掩住視線，這幾人明顯有任務在身，他們還是少惹為妙。

「小二！」

那人喊了一聲，只見小廝從後廚出來。

「幾位爺要些什麼？」

「要些酒肉頂飽的上來。」那人揚聲道。

小廝應下，正要走，又聽其中一人問道：「誒，前邊去甘肅境內最快怎麼走？」

甘肅？蕓娘心裡一凜，那不是景王的封地嗎？

「客幾位這個時節要去甘肅？可就怕這一路上有流民……」

那人不耐道：「問你話就答，廢什麼話？」

「是是，就往前走幾里，走關中道最近。」

幾人聽到這話，耳語了幾句，這才找了張靠門的桌子坐下。

蕓娘暗暗打量了那些人一眼，趨近身子，對身邊幾個護衛小聲商量道：「欸，你們說……要把這幾人抓起來，你們……有幾分把握？」

這……護衛們一怔，互相使了個眼色，這顧大人是個人物，誰也沒想到這顧夫人也不是尋常人，平常人躲事還來不及，怎麼她還想把那些人抓起來？

其中一名護衛悄悄打量了下那邊的人，低聲對蕓娘道：「夫人，打是不怕打，但不知道他們有沒有後手，這大門開著，怕一動手，可能會有人溜走通風報信。」

溜走？聽到這裡，蕓娘四下環顧，目光掃到門邊那張厚重的八仙桌，頓了下，若有所思道：「那意思就是讓他們跑不了就可以了，是不是？」

護衛們還沒回過神來，顧夫人就站了起來，朝門口走去，另一夥人也都看到了，紛紛望向蕓娘。

「風沙大，我關個門。」

那夥人沒有說話，只是握緊了手中的兵器，不過畢竟覺得她一個弱女子也做不了什麼，於是也沒動手。

蕓娘合上門，轉身慢悠悠地走到門口八仙桌處，眾人正納悶，卻見她忽然一把抓住了桌子，輕輕一架，厚重的八仙桌就被她扛在肩上。

「客官，飯菜來了。」

驛館小廝端著盤子僵在廚房門邊，門外北風嗚嗚地吹著，門內安靜得連點聲音都沒有。

「咚」一聲，桌子豎起來砸下，堵在門邊。

蕓娘輕巧地拍了拍手，轉身掃過那幾人，對著一旁護衛道：「好了，動手吧，今天這裡一個都別想跑。」

夜幕降臨，驛站外的燈火在夜風裡輕輕搖曳，而驛站裡的小二，端著盤子，雙腿發抖，這是他有生以來離死人最近的一次。

只聽得女子話音將落，她身側的黑衣護衛就抽出長刀，另一邊原本還殺氣騰騰的幾個大漢只抵抗了幾下，眨眼間就被擺平，只剩一個活口伏在地上，手腳還不停地抖著。

而那些穿著黑色勁裝短打的男子，則從活口身上摸出一封書信，遞給那力氣大得嚇人的年輕女子，恭敬道：「夫人，這是從那人身上搜出來的。」

蕓娘皺了皺眉，將信拆開，飛快地掃了一遍，神色變得凝重。

周圍人覷著她的神色，不敢多說些什麼，只見她放下信封，掃了眾人一眼。「恐怕我們得再回去。」

「回去？」小丫鬟聞言，臉色煞白，結結巴巴道：「夫、夫人您沒說笑吧。」

面前護衛也是眉頭一皺，開口道：「夫人，大人讓您先行，就是為了保護您的安全，如果就這麼回去……」

蕓娘聽著幾人的話，心裡也明白，她待在安全的地方，對顧言來說最省心，可……她又看向手裡這封信，信裡面寥寥兩行，卻是在向景王報信，說是發現了京城的探子，這群民兵聚集在山南處是個圈套，目的是引京城來的隊伍前去，實則從山北繞路包抄，那個地方地勢又是個兩高一低，必能將來人一網打盡。

「民兵佈了埋伏，探子的情報有誤，必須回去。」

此言一出，在場的護衛臉色都變了，其中領頭的道：「夫人，先派我們這裡騎馬最快的去傳口信，我帶幾個弟兄這就往回走，再留幾人在這裡保護您。」

蕓娘掃了眼面前幾人，將手中的信紙攥得更緊。

「不是我不信你們，而是這封信裡的情報事關重大，讓我把信交給你們，自己在舒服安全的地方坐等，我做不到。」

說罷，蕓娘轉身對小丫鬟道：「我留幾人在這裡善後，妳跟著待下，我沒事之後會讓人回來報訊，妳得到通知自去宜君會合。」

「夫、夫人……」

小丫鬟眼眶通紅，可看著蕓娘堅定的眼神，只得咬咬嘴唇，點了點頭。

蕓娘交代完，轉過身對護衛道：「走吧，儘速出發，我會騎馬，絕不會耽誤的。」

話說到這裡，幾人知道是勸不動了。

十個人一隊的護衛拆成三組，兩人快馬送信回去，六人和蕓娘一起走，剩下兩人和丫鬟留在驛館裡善後。

分好人後，一行人就策馬上路，蕓娘翻身上馬，望著這闃然無聲的夜，這騎馬的技能還是她阿爹給人看馬場時玩笑間教她的，沒想到今日竟然用上了。

時間緊急，沒再多想，她夾了下馬肚子，和眾人一道駛入這玄黑的夜。

夜色中，幾匹快馬駛過山道，衣襟揚在黑夜中，然而在前方山腰處，卻有幾人宛如鷹隼般緊緊盯著他們，看到他們逐漸逼近，一人拉上面罩悶聲道：「記住小姐的話，抓那個女的。」

一陣刺耳的破空聲，幾匹駿馬的慘叫聲從前方傳來。

「夫人！趴下！」

蕓娘急急彎下身子，貼住馬背，只見那箭凌厲地從頭頂擦過，再抬起眼，前面那跑得最快的兩人已經身中數箭，從馬上栽了下來。

緊接著又是一陣放箭的弓弦聲，可她就是看不到敵人在哪裡，身邊又有人掉下馬，她眼疾手快地俯下身子，手臂使勁將那人一拉上馬，對著身後幾人喊道：「先進樹林！」

話音落，幾人一打馬衝進林子裡，箭雨還緊隨其後，蕓娘只得堪堪俯下身子衝進林子，身後響起箭沒入樹幹的聲音。

等那箭聲稍歇，幾人停在一塊巨石後，望著樹林外的山道，不遠處響起窸窸窣窣的腳步聲，想是有人追進了林子，蕓娘沒有出聲，倒是斷後的護衛隱蔽在樹林間，猛然間竄出去，捂住那追上來的人嘴，刀從腰腹捅了進去。

蕓娘望著護衛帶回來的屍體，心下驚疑不定，問向身邊人。「這和驛館遇到的那夥人是一起的嗎？」

「看來不是，驛館裡那些人武器老舊，身手也是野路子，但這些人訓練有素，裝備齊全，顯然是有備而來。」

說著，護衛在那人身上搜了搜，當他拉下那人面罩，看到面側的印記時，倒吸了一口涼氣，大聲道：「夫人，他們是京城中給人賣命的死士。」

京城？

蕓娘咯噔一下，這未免也太巧合了些，恰好在她落單的時候埋伏在這裡。

可眼下當務之急是把消息傳回去，剛負責送口信的兩人已經被射殺了，現在就剩眼前這幾人了，蕓娘掃過眼前的護衛，五個人中剛才被射下來一個，現在沒受傷的就僅剩四人。

他們皺著眉頭，不知道外面有幾人，也不知道怎麼才能在箭雨中突圍出去，其中一人握緊刀柄，咬緊牙槽。「如果真面對面交手，他們未必是我們的對手，但現下根本不知道放冷箭的人躲在哪。」

蕓娘聽到這話，掃了四周一圈，那些人暫時是不敢進林子了，可要回去，只有那一條山道，她望了望遠處，想到剛剛說這些人是京城來的死士，她忽然有一個大膽的想法。

「我射過箭，看剛剛箭的方向和力道，放箭的人應在對面某處。」

四名護衛抬起頭，在黑夜中聽著這年輕姑娘緩緩道——

「我去把人引出來，你們把放箭的人殺了。」

「這怎麼可以?!」

幾名護衛面面相覷道：「夫人請三思，我們幾個是兵，今日就算死了也會護夫人周全，絕不能讓夫人犯險！」

「我想賭一把，他們的目標是我，應該不想殺了我。」

蕓娘瞇起眼睛看著遠方，她說這法子倒不是心血來潮，如果這些人來自京城，那麼從這段時間經歷來看，不管是陸家的人，還是老皇帝，想要的都不單只是她的命，他們費盡心思要找她回去，定還有別的用處。

她目光轉向幾人，語氣堅定。

「是兵也得先是人，能活著就一起走。」

寒風呼嘯，從山頭颳過，穿過茂密的樹林，只能聽到隱約的腳步聲，看著不遠處的篝火以及巡邏的人影動靜，看樣子他們打算晚上在這裡紮營歇息。

「大人，前面就是了。」

楊望伏在雜草中，對著身邊人道：「大人，讓我帶人拉開戰線衝過去，民兵之流，沒受過訓練，一旦被偷襲，必是一盤散沙，任人宰割。」

周圍一片寂靜，只能聽見淺淺的呼吸聲，身側的人臉色冷峻如風，望著遠處一動不動，楊望還以為他到底年紀輕沒經過事，面對這種情況猶豫不決，便開始催促。

「大人，萬不宜在此處耽誤過久，若天亮誤了時機……」

顧言望著遠方，微微蹙眉，打斷他的話。

「楊將軍，你沒發現什麼異樣嗎？」

楊望愣了下，看向前方，那點點篝火、周圍還有巡邏的人，一切如常。

顧言遙遙看了一眼，淡淡道：「你不覺得這夜裡太安靜了些？」

楊望怔了下，心中一顫，他猛地抬頭望向遠處，屏住呼吸，仔細一聽，可不是連個鳥鳴都沒有？

這地還屬於關中，山林茂密，夜晚應該會有野獸和飛禽出沒，但現在卻是一片寂靜，只能說明一件事，這、這附近山上有人，有大量的人！

「大、大人……」

楊望心裡不由得起了些後怕，差點就因自己的莽撞，險些一頭扎進民兵的包圍之中。

顧言揚了揚手，目視前方，冷靜道：「有沒有探子再回來？」

「還沒。」

楊望心中一沈，從目前的情況來看，探子還沒有回來，八成已經被人發現，現在還不知道敵人埋伏有多少人，也不知道他們在什麼地方，現在的情況，已經是騎虎難下了。

就在這時，身後的樹叢裡傳來了沙沙的響動，接著，一道身影衝了進來。

「誰！」

刀出鞘的聲音在風中格外清晰，藉著微弱的火光，楊望看清來人，瞪大了眼睛，說不出完整的話來，跟見了鬼一樣。

「大、大人……」

顧言蹙起眉頭看著被刀架在脖子上的人，一貫雲淡風輕的神色終於有了變化。

「蕓娘?!」

蕓娘大口大口地喘息著，擦掉臉上的汗和血，她肩頭還拖著一個渾身是血的護衛。像是見到要見的人終於可以鬆了口氣，護衛滑落下去，就在她雙腿發軟、快要站不穩時，一個溫暖又熟悉的胸膛將她拉入懷中。

蕓娘一直懸著的心總算放了下來，蕓娘顫抖著從口袋裡拿出截來的信，雙目在黑暗中熠熠生輝。

她抬頭望著身後人，嘶啞著嗓子道：「我們截住了向景王報信的人得知情報，你不能再往前走了，有一千五百人埋伏在北邊山腰。」

顧言神情一凜，飛快地看了一眼那封信，又看了看面前的人，心裡已有打算。

「大人！」

楊望心下一急，打仗最重要的就是要拉開戰線，這就是兵陣，現下敵人在北面布下了數倍的包圍圈，他們就是兵力再強也衝不出來。

「宵小之輩。」卻只見顧言扶起蕓娘，目光眺望遠處，隨即發下號令。「叫人都棄馬，上山！」

楊望一愣，一下沒明白這位年輕監察使要做些什麼。

顧言目光冷冽，只淡淡瞥了他一眼，話裡透著化不開的寒氣。

「攻寨。」

楊望恍然大悟，對啊，對方光埋伏就出動了千人，那寨子裡肯定剩下沒幾人。

一行人趁著夜色轉過方向上了山，悄無聲息地，這場危機中的被動方與主動方悄悄發生了改變。

隊伍走到山頂，果然一路上只殺了幾個夜間巡守放哨的，暢通無阻。等到這幾百號的精兵憑空出現在寨子口時，如一片平靜的湖水忽然被喚醒，這寨子裡的青壯都出去了，只留了些老弱婦孺，一時間哭喊聲四起。

「大人！有人從後面跑了。」

顧言望著這座山寨，臉上沒有任何的表情，話音冷冷地飄散在風中——

「讓他們去通風報信，派人伏擊在半山腰處，若有民兵趕回來，一個不留。」

與此同時，在同一片漆黑的夜空中，不遠處埋伏在半山腰的民兵等了許久，還是不見京城人馬的隊伍，其中一人對首領王左桂道：「大哥，是不是那些官兵發現了什麼？」

有人在旁反駁道：「怎麼可能，咱們早兩日就埋伏在這裡了，一點風聲都沒走漏，連甘肅王爺那邊都不知道，他們怎麼會知曉？」

王左桂看了一眼山下，眼中閃過一絲輕蔑，從旁邊的人手中接過一個酒袋喝了一口酒，一抹下巴。

「有什麼好擔心的，他發現了又怎樣？朝廷派來的人，不過是個書呆子，真是可笑，三邊總督付廷這麼多年都奈何不了我，派個乳臭未乾的年輕後生就想剿我的兵……」

「就是，作夢！」

他的話剛說完，周圍的人就哄笑了起來，不過很快，就有人指了指不遠處的一座小山。

「大、大哥……」

「又怎麼了，報喪啊！」

王左桂不耐地起身，神色多少有些疲憊，自從佔據了山頭，這幾年沒怎麼親自帶兵打仗了，這麼連夜打一回伏擊，身子都有些吃不消。

「寨子裡著火了！」

眾人聽到這話，都是一愣，望向那不遠處的山頭，只見濃濃黑煙燒得渾身發寒，明明天沒有亮，卻照亮了半邊天，像是舌頭都僵在了原地，沒人再能出聲，只覺得眼前一黑，他們、他們的妻兒老少可都在那裡。

「大哥！大哥！不好了。」

幾個人從山下跑上來，渾身都是血，王左桂看向來人，眼睛都直了。

「那個朝廷來的官帶著人打入了寨子裡，我們的人全被抓了！」

蕓娘舉起水囊，給那受傷的護衛餵了水，他抿了抿嘴，目光閃爍。

「多、多謝夫人，今日沒有夫人，我也活不下來，只可憐我那幾個弟兄……」

「別想那麼多。」

蕓娘拍了拍他的肩膀。「活著就好，死過一回你就知道了，這世上沒有什麼比活下來更重要的事。」

這一路走回來頗為不易，雖然她那引敵出來的法子起了作用，可想到後來護衛和那幾名死士廝殺時的慘狀，蕓娘也是心有餘悸。

此時她坐在一塊石頭上，垂著腦袋想事情，突然感覺到一個陰影落在眼前，蕓娘猛地抬頭，撞進一雙無波瀾的眼裡，彷彿和這半邊夜色融為一體。

顧言瞥了眼她一身血色，似乎想開口說些什麼，可這時只聽人報——

「報！伏擊大獲全勝，那些民兵見到人後就四散逃逸，剩下的主力全部生擒。」

顧言斂起神色，轉身走到寨門前，遠遠就見楊將軍帶著一群人走了過來，他們大多都是一身粗布衣衫，所帶的裝備也是五花八門，顯然是起義造反的雜牌軍。

「快走！別耍滑頭！」

楊望見到顧言，單膝向下一跪。

「末將請罪，那王左桂交戰中狡猾多端，仗著熟悉地形，被兩個人護著朝北邊跑了。」

楊望說完，略微抬起眼，火光映著面前那張白璧無瑕的臉上，似沒有什麼表情，楊望卻不敢吭聲。

經此一役，他知道眼前這位大人，別看喜怒不形於色，卻絕對是個謀略在腹的狠角色，聽聞他早年全家被太子案牽連，愣是一路從流放中挺回來，難怪年紀輕輕便已是裕王的心腹，若是假以時日，以這般魄力，必是個手握權柄的大人物。

只聽他冷然道：「這算是功過相抵，但沒有下次。」

「謝大人。」楊望鬆了口氣，他看了眼身後。「大人，這些民兵怎麼辦？他們都說願意受降，要不要帶到宜君……」

「我不是說了？不招撫，不受降，就地處決。」

楊望一怔，聲音都在顫抖。

「大人，這、這殺降不大好吧，傳出去怕是……」

自古以來，殺降就沒幾個好名聲的，這位大人可是個文臣，手段這般狠戾，他想做什麼？

「你敢保證王左桂不會捲土重來嗎？」

楊望一愣，看著面前的人，只聽那金石般的聲音在風中迴盪——

「我就是要讓這些流民知道，只要我顧言在這西北一日，他們若是敢反，便是死路一條。」

天色從昏暝轉到透亮，蕓娘回到了馬車上，腦袋一歪，就開始打盹。

一閉上眼睛，昨天晚上的一幕幕就浮現在她的眼前，說不害怕是假的，可當時到底也管不了那麼多了，等到脫了險，那些廝殺鮮血四濺的場面才鋪天蓋地而來。

這外面的世界比她想得寬廣，也遠比她前世在陸家宅子裡見到的勾心鬥角來得殘酷。

迷迷糊糊間，馬車的簾子被掀起，一陣風吹了進來，似乎一個人影帶著涼風坐在她身側，緊接著有個溫熱的帕子拂過她臉頰，替她擦去沾染上的血腥味，一個聲音帶著些寒氣落在耳邊——

「怎麼想著自己跑回來送信？」

「我會騎馬，旁人送不如我送的安心。」

蕓娘還有些迷迷糊糊，帶著些鼻音道：「本來一路無事，走得好好的，結果半路上突然遇到埋伏。」

「埋伏？」

顧言眉頭一皺，手中的帕子停了下來。

蕓娘又想到那血肉相搏的場面，歪著腦袋嘆了口氣，隱約感覺他視線集中在她身上，車外似有人敲了敲門，他又要走了……

她心裡沒來由地有些失落，可又說不出為什麼失落。

就在她快要睡著的時候，忽然感覺到一股溫柔的氣息，在她臉上輕輕一吻。

「都累成這樣了，還胡思亂想，好好休息，待到延綏了，我再好好陪妳。」

馬車駛進宜君，這次縣主簿早早就迎在門邊，心裡可沒有了半分輕視之意，誰不知道這位是個閻王爺，在前面把王左桂的民兵殺了個片甲不留，可沒想到對方壓根兒不吃他接風洗塵的這一套，就在宜君休整了一日之後，衝著延綏城便去了，不到半月，這一行人便抵達了延綏城邊。

蕓娘坐在車裡，掀起簾子看著車外寸草不生的農田，本來陝北就缺水，這下好了，還遇上災年，這邊地軍鎮徹底成了苦寒之地，路邊不少是衣不蔽體的窮苦農人，順著黃沙望去，不遠處修了好些烽燧墩臺，獵獵黃旗迎風飄揚，時刻提醒著這裡的人城牆之外還有外敵在虎視眈眈。

「在下付廷，恭迎監察顧大人。」

蕓娘正打量間，一聲底氣十足的長音傳入耳朵裡。

和他們在宜君會合的小丫鬟打起簾子朝外望了望，回過頭說道：「夫人，您看，那就是延綏總督付大人，路上來的時候聽人說這邊防五個重鎮的守兵都聽他指揮，可厲害著呢。」

蕓娘聞言，也朝外面看了一眼，出乎她的意料，這人挺著個大肚子，滿臉笑容，哪裡有三邊總督的武將風範，連下馬都要人攙扶，氣喘吁吁半天，倒像是個弱不禁風的文官。

顧言坐在馬上，冷冷看向這人，付廷剛開始還堆著笑，後來被顧言冷眼看著，那笑漸漸僵在嘴邊，就是再厚的臉皮也笑不下去了，可他也明白這人對他沒好氣的原因是什麼。

付廷想到前幾日顧言派人來請求增援他回的那封拒絕的信，不由得沒什麼底氣，眼神亂飄。

他這不是不知道嘛，要知道這顧言這麼慓悍，能把王左桂都給剿了，怎麼樣他當時也得派個三瓜兩棗的兵去搶個功勞，好一道上報朝廷。

「顧、顧大人，這、這是何意啊？」

顧言騎著馬，目光冷冽。

「我就是看看，手握我戍邊萬千士卒，卻不肯發兵清剿民兵的三邊總督大人到底是何許人。」

付廷噎了下，他要是有膽子早就打了，何必等到現在？

不過早就聽說這顧言是個狠人，可沒想過確實是來勢洶洶，當著這麼多人連一絲面子也不給他，可他又能奈他何？畢竟這是朝廷派來的監察使，雖然明面上品級不高，實際上卻是天子近臣，裕王心腹。

付廷眼裡閃過一絲不悅，轉瞬即逝，又堆起笑臉。

「顧大人說得是，本官當時也沒多想，差點延誤戰機，今日我準備了接風酒宴，當自罰三杯，給大人賠罪。」

顧言看著他，眼神讓人捉摸不透，付廷心中咯噔一下，難道這個顧言真一點面子都不給？

可就在此時，馬上人的視線從他身上移開，語氣平淡。

「那就有勞付大人了。」

付廷這才鬆了口氣，這官場上的事只要肯坐在一起喝兩杯酒，那有些話就好說了，剩下的，趁著這幾日顧言還不了解這裡的情況，他得想些法子把這人拉攏過來。

而與此同時，延綏城的總督府裡，總督夫人也正在接見一位意外來客。

總督夫人捧著茶盞，眼神不住地在面前人身上打轉，語氣裡多是懷疑。「陸小姐，您說您是京城來的，可來我們延綏這偏僻地方做些什麼呢？我們這十天半月就要跟韃子打一場，上回都打到河套了，並不是妳們京城那些千金小姐能鬧著玩的地方。」

陸安歌捧著帕子，臉上始終掛著笑，溫婉可人。

「這也是湊巧了，我家在這裡有些田，按理說這點小事我不該跋山涉水來的，可一聽到鬧蝗災，這裡死了好些百姓，我母親放心不下別人，就讓我帶著些錢財過來，一是順道看看自己家的田，二是看能不能救濟下流離失所的貧農，也算是積德行善了。」

一聽這話，總督夫人發出一聲嘆息，態度也軟了下來。

「唉呦，這是什麼菩薩心腸喲，不愧是京城來的大戶人家。」

陸安歌略帶羞澀地笑了笑，突然想到些什麼似的，抬頭向這位夫人問道：「我聽說，今日京城派了位監察使前來。」

「妳也知道？」

總督夫人有些意外，可眼睛一轉，想到昨日付廷與她抱怨朝廷派來的這人怕是難纏，又抓緊帕子問道：「他在京城風評好嗎？這人好相處嗎？」

「這個嘛……」

陸安歌手裡絞著帕子，突然吞吞吐吐起來，那總督夫人不由得提了口氣。

「到底是怎麼了？陸小姐，妳倒是說啊。」

「這位顧大人是狀元出身，文曲星一樣的人物，可是嘛……」

「可是什麼？」總督夫人追問道。

陸安歌蹙起眉頭。「他那夫人卻是個鄉野村婦，談吐舉止粗俗得很，京城裡有不少人對她都頗有微詞。」

「哦？還有這事？」

總督夫人半信半疑，但腦子裡飛快地轉動著，想要從中找到一些有用的消息。

「要我說啊，這顧大人身邊就缺個紅袖添香，溫柔解意的人。」

總督夫人抬起頭，心裡有道光透過，思路敞亮了起來。

而那京城來的陸小姐還在笑盈盈道：「妳說男人嘛，哪有不喜歡美女的，恰逢這顧大人來，不如送個美豔女子給他，想必能討得他的歡心，若是能和這人搞好關係，我在這邊收地也會容易許多。」

「陸小姐說得有理。」

總督夫人點點頭，又蹙起眉頭。

「只是我這地方小，怕這一般的胭脂俗粉，那位京城來的顧大人看不上。」

見魚上鉤了，陸安歌莞爾一笑。

「夫人別擔心，正好我身邊有個從京城來的能歌善舞的女婢，夫人不如趁著接風宴把人獻上去試一試。」

第十六章

落日的餘暉從竹簾的縫隙裡透了出來，到了為他們準備的總督府的院子裡，蕓娘先洗了個澡，正盤弄著半乾的頭髮，就見那竹簾後人影微動，話音順著乾燥的熱風從外面傳進來——

「夫人，總督夫人讓人來傳話了，晚上等著您去接風宴呢，動作可要快些了。」

蕓娘嘆了口氣，本來眼皮子直打架，想著到了先睡一覺，現下看來是不行了。

她索利地在後面挽個髮鬢，在鏡子裡左右照了照，發現眼下因沒休息好有些黑眼圈，用手指蘸了點薄粉敷上去，可又覺得粉白寡淡了些，便捏起石黛準備描個眉，剛抬手，房門被推開，她手指停了下來，轉過身看著顧言風塵僕僕走進來，語氣裡不禁有些意外。

「不是說和人談事去了嗎？」

顧言看了她一眼，只見她坐在夕陽裡，穿著一襲雲煙色長紗裙垂至腳踝，想是剛沐浴過，紗衣鬆鬆堆疊，前襟微微敞開，能看到裡面光潔白皙的胸口，領口用絲線繡著幾朵海棠花，在這風中，顫巍巍，嬌豔欲滴。

活脫脫是幅賞心悅目的景色。

顧言微微瞇了瞇眼，心口的陰霾散了一些，臉色也緩和了一點，大步走進屋子裡，把外袍解開掛在屏風上。

「沒什麼好談的，左右不過是些拉攏的客套話，生怕我明日將他一封參書送到汴京案頭上。」

蕓娘聽到這兒，回想到剛才見那總督的模樣，笑了笑道：「不過我看這位總督的模樣也不像是個武官。」

顧言套上一旁掛著的官服，瞥了她一眼。

「妳倒是好眼力，他確實不是武官出身，來西北前，沒帶過兵打過仗。」

蕓娘怔了下。

「那他……」

顧言繫著脖頸的扣子，淡淡道：「當年西北戰事不斷，上一任總督戰死，聖人想要在朝中推舉出一位新的總督，但都知延綏難纏，沒人願意接這個燙手的活，付廷在監察院的時候，曾經和同僚們聊天，說朝中的文武百官沒有骨氣，也不知道是誰告訴了聖人，說這付廷對西北戰局頗有見解，聖人就命他來任三邊總督。」

好傢伙，付廷這是得罪了人，被人給坑到西北來啊。

聽完當年內情的蕓娘不禁咂舌，沒想到他還真是個文官出身，怪不得不敢出兵打仗呢。

不對，顧言不也是文官出身？可和付廷完全是兩種人。

想到這兒，她抬起頭看向眼前人，顧言換上一身直綴朝服，腰間紮著紋帶，應是今天晚上要去參加宴會和人周旋，頭髮一絲不苟的綰起來，露出光潔的額頭，身量挺得筆直，一時間她看得出神起來。

「怎麼？」

「沒、沒什麼。」

蕓娘臉一紅，把腦袋縮了縮，總不能說是看人看呆了吧。

可耳邊突然沒了話音，眼前落下個暗紅鎏金的衣襬，蕓娘一怔，還沒反應過來，那指尖就挑起她下巴，讓她的視線轉向他。

她剛洗完澡，身上還帶著些熱氣，猛然觸到他的指尖，總覺在這燥熱的西北風中有些涼意，想縮回些脖子，可那指尖的力度卻容不得她迴避。

「顧、顧言……」

那指腹輕輕從眉頭劃到眉尾，帶著絲輕笑。「以前不解為什麼是粉紅花開滿枝春，嫩色柔香過雨時。現在倒是明瞭，蕓娘，我給妳畫眉吧。」

「你……」

話音未落，他挽起袖邊，執起石黛，蘸了些水，又湊近了些，鏡子裡兩個人彷彿是那石頭上的藤蔓一樣纏繞一起。

他離她那麼近，近到呼吸幾乎相接，她心跳加速，喉嚨發緊，全身緊繃，偏顧言還不急不慢，靜靜思量，細細下筆，彷彿在作畫一般。

待好不容易最後一筆落下，見他目光又落到妝檯的胭脂盒上，蕓娘來不及照鏡，驚聲輕呼。「別！胭脂我自己來！」

可顧言只是挑起眉，笑著看了她一眼，似沒看見她的窘迫，用指尖捻了點胭脂，搽在她唇間，蒼白的唇瓣頓時染上了一層淡淡的紅，指腹在那柔軟的唇上游移，似乎指尖也被染得有了脂粉香氣，禁不住情難自制。

蕓娘怔在原地，他的動作緩慢纏綿地靠過來，一瞬間讓這胭脂也沾染了別的氣息，頭暈目眩，眼花繚亂。

直到那胭脂染紅了彼此的唇，顧言慢慢直起身子。

他看著她，眉毛一挑，眼裡露出幾分笑意，那淚痣在眼下隨著眼尾上挑，像極了一隻飫甘饜肥的狐狸，指尖輕輕在自己唇瓣上一抹，似有些留戀地摩挲。

「果然，這胭脂色在妳唇上正合適。」

夜幕降臨，蕓娘跟著人在廊上行走著，雖然廊下一直有風吹來，但她還是能感覺到蓬蓬的熱氣從衣領裡冒出來，幸好天色黑了些，遮住了通紅的臉。
蕓娘腦子裡想的全是剛才的一幕，這、這顧言都是從哪學來的，那眼神、那吻，勾得人抓心撓肺。
「顧夫人，顧夫人。」
蕓娘聞言，抬頭一看，卻是一臉笑容的侍女。
「夫人，地方到了。」
這宴會廳設在內院，蕓娘到時女眷們已經紛紛落坐了，主座上的人看起來也就三十來歲，保養得當，在這西北烈日當空、黃沙漫天的地方，卻不見一點風吹日曬的模樣。
她一進大廳，那總督夫人便從主座上起身，遠遠地迎過來。
「這位便是顧夫人吧，這京城來的氣度就是不一樣，老遠看著就是個福氣滿滿的貴人相。」
蕓娘微微垂下眼，上輩子她這副模樣被人說土氣，可這輩子走到哪都被人恭維有福氣，這人看人到底看的不是長什麼樣，而是她是個什麼身分，又穿了什麼皮。
蕓娘嘴角勾起個客套的淺笑。
「總督夫人說笑了。」
例行公事的寒暄過後，雖是第一次見面，但總督夫人熱情地挽著她的手臂，將大廳中的每一個人都介紹了一遍。

「這位是王總兵的夫人，她性子直。這位是周總兵夫人，她可是個悶油瓶，不大愛說話。咱們這延綏五大守兵的夫人都在這兒了，今日可都是來見妳的。」

蕓娘一一掃過席間的這些守兵夫人，只見她們目光多是打量，神色各異，想必今天這場接風宴也是各有立場、各懷心思，她微微一笑，寒暄了幾句。

介紹完在場賓客，便是落坐開席了。

見識過幾回汴京勾心鬥角的宴會，現在蕓娘對這樣的場合已經很熟悉了，所以也不會與這些女眷多說什麼，在這種時候，多吃飯少說話準沒錯。

但總督夫人並沒有就此罷休的意思，在宴會進行到一半時，她端起茶杯，看著一言不發的蕓娘，似乎無意間開口打聽道──

「顧夫人，妳和顧大人成婚多久了？」

蕓娘抬起頭，與總督夫人四目相對，略微思索了下。

「半年左右。」

「半年啊。」總督夫人的眉毛一揚，似乎話裡有話。「倒是不長。」

蕓娘瞥了她一眼，沒過多久，幾個歌姬和樂伎走了進來，一副歌舞昇平的景象，只是不一會兒前廳也傳來了些笙樂聲，夾雜著嘈雜的人聲，緊接著那宛轉的曲調傳來，不同於之前的歌姬，這聲音帶著些水鄉的柔媚，彷彿這裡不是大漠黃沙的西北，而是那脂粉香氣的金陵河畔。

蕓娘抬頭看去，那總督夫人見到蕓娘注意，訕笑道：「今日備了些歌舞，爺兒們嘛，不都愛看那些。」

蕓娘微微一挑眉，不知為什麼從這總督夫人的笑裡總聽出一份心虛的感覺。

過了半晌，一個女婢跑了進來，在總督夫人的耳邊說了兩句，只見總督夫人點了點頭，眉眼笑成了一條縫。

見蕓娘看向她，總督夫人轉頭對蕓娘道：「我府裡近日來了名南方的樂姬，身姿樣貌都極為出眾，剛才就讓她去席間表演，妳猜怎麼著，你們家顧大人一眼就瞧上了。」

嗯？蕓娘眉頭一挑，繼續聽著。

「既然如此，我就做個順水人情，把這姑娘送給顧大人吧，也替妳分擔些照顧大人起居。」

蕓娘聞言，終於明白過來，這是又要給顧言塞人啊。

她看了一眼那些看熱鬧的女眷，心中冷笑，抬頭瞥向總督夫人，微微一笑，露出淺淺梨渦。

「這麼好的事情，實在擔當不起，夫人還是留給總督大人吧，我想大人一定更能體會到夫人的一片苦心。」

總督夫人一噎，看面相原以為這是個好說話的小白花，沒想到是塊難啃的乾饃饃，不開口則已，一開口就把人噎得不上不下。

她笑了下。「這、這顧大人看上的人，這般奪人所愛，不大好。」

「沒什麼不大好的，再說就算我家相公喜歡也沒用……」蕓娘頓了下，大眼睛看向總督夫人。「夫人可能不了解一件事。」

總督夫人一愣，回望蕓娘，只見她認真道——

「我們家我做主。」

「是、是嘛……」

總督夫人訕笑了下，這位顧夫人可真是油鹽不進了，但這年頭就算性子再硬，不還得聽夫家的話，於是她穩定下心神，對著蕓娘再勸。

「顧夫人，這尋常男人花心些也正常，更何況是顧大人這般人物，小心旁人說妳善妒，惹得顧大人不痛快，要是他真背著妳把人帶回去了，妳怎麼辦？」

蕓娘聽到這話，只覺得又可笑又客氣，正要開口。

「那就……」

這時一個丫鬟提著裙子，小跑進來，附在總督夫人耳邊道——

「夫人，那邊宴席散了，顧大人帶著那樂人回院子裡了。」

「刺啦！」

刺耳一聲劃過，全場女眷都看向聲音來源。

只見那銀筷子在蕓娘手裡生生掰彎了，丟在桌上，眾人倒抽一口涼氣，蕓娘抬起臉，看向通報的侍女，臉上還是笑盈盈，可這時只讓人覺得毛骨悚然。

「妳把剛才的話再說一遍？」

小丫鬟僵住了，總督夫人臉上的笑容也掛不住了，她望向蕓娘，顫抖地開口。「顧、顧夫人，妳……」

「夫人不是問，如果我相公背著我帶人回去該怎麼辦？」

蕓娘猛地站了起來，一掌拍在桌上，「砰」的一聲，桌腿應聲而斷，在場所有人都安靜了下來。

她甜甜一笑，擼起袖子，扭頭對總督夫人，清脆地道：「把腿打斷。」

「夫人，妳說這可以嗎？」

宴會結束，賓客散去，丫鬟踮著腳望著那人背影，總督夫人站在門邊一言不發，望著遠處院子裡的燈火通明，心裡有些打鼓。

這位夫人果然如那陸家小姐所說是個直性子，可這行事也確實出人意表，到了現在，她也不知今晚的安排可不可以成功。

燈火在走廊上搖曳，一行人匆匆而過，蕓娘臉上沒什麼表情，可侍女們想到剛才宴會上這位夫人氣勢磅礴的一掌，都心有戚戚，任誰都不敢再觸楣頭多說一句話。

要說顧言真看上那樂人，蕓娘是不信的，這類場合明顯是那付廷要拉攏人，論不上有幾分真心，把人帶回去，估計也只是場面上的事。

想明白歸想明白，可心裡要是沒一股火，那也是說不過去的。

蕓娘走到他們暫住的院子外，就聽到那悠悠揚揚的南曲從裡面傳出來，再想到今日下午顧言還在那給她描眉畫眼，心裡那火就像是遇見了東風，吹得火勢一發不可收拾。

她一揚眉，提起裙襬大步走到門前，抬腳就是一踹，那門應聲大開，裡面的曲兒聲也戛然而止。

樂人停下了手中的琵琶，挑了挑溫婉的長眉，心中一動，這位顧夫人找上門來，她早有預料。

那位之前就同她說了，這位顧夫人是個脾氣爆的，讓她小心行事，別硬來，現下一看，果然是這樣，這就好辦了。

她勾起嘴角，從煙花之地走到現在，男人喜歡的是什麼，她一清二楚。

溫柔私語，紅袖添香，妳越鬧，就越得不到男人的心。想到這裡，她微微偏過頭，一縷髮絲順著側臉垂下，咬了下唇，餘光看向來人，今夜這顧夫人鬧得越大越下不了臺才好呢。

蕓娘掃了一眼屋子裡的場景，只見顧言坐在座前，只端了杯茶盞，而那樂人坐在前面，容貌豔麗，帶著股欲語還休的味道，這場景沒來由的有幾分風流意味。

見她破門而入，顧言也不見驚慌，只是挑眉看向來人，兩人誰也沒說話，只這麼眼神交流，互相看著，可卻像是個什麼東西把身前身後的人都隔開，沒有別人插進去的丁點餘地。

而那樂人見這氣氛微妙，站起身來，微微伏下身子，只開了個話頭。「夫人……」

「顧言，你個沒良心的啊！」

中氣十足的嗓音讓樂人身子一顫，差點沒把懷裡的琵琶摔下去，她一抬眼只見那夫人左右一環顧，直接拔下牆上裝飾用的佩劍。

「當初窮得一清二白的時候，你怎麼說的？說定會讓我過上好日子，現在倒好了，我巴巴跟著你到這邊陲之地，你可會享福，轉眼找了個小妖精來。」

旁邊總督府的侍女看到蕓娘這般陣仗，想到剛才宴會廳裡她徒手拍桌子的壯舉，真怕鬧出人命來，左右上前急忙拉住她胳膊喊道：「夫人，夫人，冷靜，夜深了，別讓別人看笑話……」

「呸，我怕讓人看笑話？人家愛看那就讓人看去！」蕓娘拿著劍，揚聲道：「我倒要看看我管自家事，誰能說我?!」

那樂人柔柔起身，哀哀戚戚道：「夫人要怪就怪奴吧，與大人沒有關係……」

可沒想到話還沒說完，那把劍就插在身後的柱子上，劍頭沒入柱身，她臉色「唰」地就白了，腿發軟地看向來人。

只見她微微一笑，露出一口白牙。「姑娘，妳確定要怪妳？我以前可是殺豬的。」

樂人心裡打了個顫，她也見過所謂夫人來找事的，但多是哭哭啼啼，哪有真提把劍過來算帳的，她頭一次覺得背後涼颼颼地，那些在風月場裡，她說慣了的生死相隨的話語這個時候在嘴邊也愣是說不出來了。

「夠了！」

一聲冷冽的聲音劃破喧囂，讓這混亂的場面立即平靜下來。

樂人聽到這聲彷彿抓到了救命的浮木，淚眼汪汪地回過頭，柔腸百轉，委屈兮兮地叫了聲——

「顧大人～～」

說完，她伸手要去拉那人的袖角，可他身形竟然跟個泥鰍一樣，她只往前一撲打了個趔趄，連個邊都沒摸上，險些摔倒在地。

她穩住身形，只見男人走到發火的女子面前，抬手緩緩包住她拿劍的手，把劍柄抽了出來，扔在地上，臉上的冷意一掃而空，眼神溫柔如水。

「氣性怎麼還是這麼大？多大點事，氣出病來不值得。」

蕓娘抬眸看向顧言，又掃了眼身旁那樂人和總督府裡的侍女們，走近了些，湊在他耳邊。「你說，我這醋勁演得像不像？」

帶著些脂粉香味的呼吸溫熱地噴灑在他耳廓，顧言一挑眉，目光幽幽看向眼前人，似有些說不清道不明的意味，低低道：「只單是演的？」

被他這麼一看，蕓娘像是被看透了心思一般，心裡泛起些心虛來，趁著臉還沒紅起來，眨眼低聲道：「趕快吧，差不多了，我都睏了。」

旁邊的樂人一直在觀察兩人，看著兩人親熱的樣子，心想今天這事恐怕不好辦了。

果然，只見那剛才好歹還願聽她談曲的顧大人，和那夫人不知說了些什麼，只回過頭冷漠的看了她一眼。

「妳從哪來的回哪去吧，我自會跟付大人說明的。」

樂人心裡「咯噔」一下，想到來時「那人」的百般叮囑，急忙雙腿一跪，柔柔弱弱的說：「大人這話說的，奴能回哪兒去呢？」

可這話顯然沒能打動眼前的人，樂人咬了咬唇，還以為這位是個多麼雷厲風行、手腕通天的主，沒想到卻是個懼內的，這事看來從他這裡下手是不成了。

她抽了抽鼻子，歪著身子，掉下一串眼淚來，抬頭轉向蕓娘。

「夫人，奴自小長在金陵河畔的煙花之地，日子淒苦，今日有幸能來總督府獻唱，說是唱得好了，就不用回去了，實在也沒想有別的心思，京城裡的規矩，奴也明白，請夫人留奴下來，要做什麼，奴都可以。」

「妳……」

自然是不可能被她這番說辭打動，蕓娘心裡冷笑，正要開口，卻感覺到顧言捏了下她的手。

蕓娘眉一揚，話在嘴邊改了個說法，對著跪在地上的人道：「那既然這樣，妳就先住在側院吧。」

樂人手裡的帕子一頓，心中一喜，想著女人家就是耳根子軟，急忙磕了幾個頭，嘴裡不住地說：「多謝夫人。」

一齣鬧劇過後，院子裡又恢復了平靜，今晚的宴席和歌舞，就像是一場煙花，一閃而逝，但在這黑夜中，還有一些煙火後的痕跡在總督府裡暗潮湧動。

蕓娘把門一合，回頭看向屋裡的人，眼睛瞪得滾圓。

「我算是看出來了，你說實話，顧言，你是不是看上那個金陵小妞了？」

「瞎想些什麼。」

顧言應是接風宴上喝了些酒，雖然不上臉，還是有些酒氣，他坐到榻上，歪著身子倒了杯茶。

蕓娘大步走上前去，紗裙襬劃出幾道風來，她坐到顧言對面，一把搶過他手裡的茶盞，把茶水咕嚕咕嚕的喝下去，這才好像把心裡那股不知名的火壓下去了些。

她一抹嘴邊，看向他道：「我可沒瞎想，如果不喜歡，為什麼不讓我把她趕走？」

蕓娘越想越氣，把茶盞「咚」的一聲放在桌子上，胸膛一起一伏。

「果然村裡老人說得對，成了親的男人就沒一個好東西！」

顧言望了眼那四分五裂的茶盞，總覺得這話再不解釋，這就是他的下場，他清了清嗓子，屈著身子看向蕓娘。「妳就沒發現那樂人有什麼古怪之處？」

「古怪？」蕓娘頓了下，瞥向顧言。「你是不是在唬我？你一貫心眼多，說不定……」

顧言一揚眉，直接起身過去，側臉堵住那張嘟嘟囔囔的小嘴，蕓娘睜大眼睛，將人一把推開，對面的人舔了下唇，半抬起那雙鳳眼，眼裡直勾勾的繞著她上下，從托盤裡舉起個新茶盞，遮去嘴角的輕笑。

「妳放心，我心眼再多也只容妳一人。」

「呸，你個流氓……」

蕓娘紅了臉，拿帕子擦著嘴邊，想到顧言剛才的話，那衝上來的氣也平穩下來，仔細回想剛才所見那樂人的特殊之處，頓了半晌，她思量著開口。

「她……」

顧言倒了些沸水沖開茶葉，拂了拂茶蓋，抿了口茶，只聽對面那清脆的人聲猶猶豫豫終於開口──

「她胸脯倒是挺大的。」

一口茶含在嗓子裡，是嚥不下去，也吐不出來，顧言抬眼看向蕓娘，蕓娘還用手比劃著。

「你說她人挺瘦的，怎麼胸脯還那麼大？是不是裡面塞了東西？我見過京城的姑娘，有些是塞布包的，但就是塞不成她那麼圓鼓鼓的……」

「蕓娘。」顧言放下茶盞，揉了揉額角，打斷了她，把跑偏的話扯回來。「妳不覺得，她明明說自己是金陵來的卻說了一口官話，不奇怪嗎？」

蕓娘愣了下，這才回想到剛從進門起，這姑娘說的就一直是官話，現如今官話是普及了，可除了京城，各個地區還是說方言居多，就連今晚在席面上，那幾位夫人話音裡也帶著些方言，一聽就能聽出來哪個是本地、哪個是外來的。

「那樂人口口聲聲說自己從金陵來，可這一口官話卻是異常道地，甚至連京城裡的風俗人情、大戶人家的規矩也了解，妳覺得她像什麼人？」

「你是說……」

蕓娘猛地抬頭，看向顧言，顧言手指敲了兩下桌面。

「指使她的跟伏擊妳的是同批人。」

蕓娘心裡升起危機感，看來這人就在她附近，可那人在暗她在明，還總是快她一步，正在思索間，冰涼的指尖輕輕撫平她皺起的眉間，她抬眼看向對面的人。

「這有什麼好愁的，都是上不了檯面的謀劃罷了。」

「可……」

蕓娘話還沒說出口，只見那人燈下鳳眼微揚，像是勾人心一般話音輕輕地道：「明日夜裡這延綏城有燈會，要不要去逛一逛。」

春末夏初，陝北氣候溫差大，正午的時候太陽還很毒辣，到了傍晚，太陽一落山，涼颼颼的風就撲面而來。

蕓娘扯了扯身上胡裝的立領，兩隻手扒住牆頭，扭頭對底下道：「再往高些。」

底下的人一聲不吭，但顯然聽到這話，托著她的手臂力道大了些。

蕓娘借力，雙手一撐，身子就跨坐在牆頭上，這牆裡牆外恰好有兩棵樹，樹葉嚴密把人擋住，她拍了拍手，低頭望著牆底下的人，伸出了胳膊。

「來，手給我，換我拉你。」

顧言穿著一身靛藍常服，手負在身後，仰頭望著她，慢悠悠道：「其實，還有別的法子也能不惹人注意出去。」

蕓娘四下掃了眼，催促道：「費那些勁做什麼，翻牆路近還少麻煩，你動作快點，趁著沒人趕緊上來。」

顧言張了張嘴，似乎還想說些什麼，可頓了下，把話又嚥了回去。

他認命地撩起下襬，腳借力在旁邊的樹上一蹬，抓住牆頭上人的手，只覺得那手力氣十足，幾乎沒費什麼力氣，長腿一跨，身姿輕盈地躍上了牆頭。

牆外頭是條背道，沒什麼人經過，牆裡面能透過層層疊疊的樹葉看見附近的兩個院子，兩人蹲在牆頭，風一吹能聽見樹葉沙沙作響，遠處吆喝叫賣聲和近處院子裡的走動說話聲交錯在一起，在牆頭聽得一清二楚。

蕓娘伸長脖子望著遠處，只見夜色下燈光點點，街道上衣衫襤褸的人們饑寒交加，與這深宅大院裡的豪服玉食，僅隔著一堵牆，卻像活在兩個地方。

「顧言，你說這裡都這麼窮了，怎麼還辦燈會啊？」

顧言看了她一眼。「再過幾日該割麥子了，每年這個時候這邊都有燈會祈禱豐年。」

「可今年不是遇上了蝗災……」

他目光落在遠處的熱鬧人群上，淡淡道：「人走到哪都一樣，日子越糟糕才越要信些什麼，即使知道改變不了什麼，但說不定就有奇蹟呢。」

蕓娘嘆了口氣，轉身正要躍下牆頭，顧言忽然一把抓住了她的手腕，蕓娘疑惑地回頭，看見顧言向她使了個眼色，她順著他目光一瞥，只見一個眼熟的身影如耗子般從院中閃了過去。

蕓娘睜大了眼睛，低聲驚呼道：「是她！」

顧言把食指抵在唇間，面上不動聲色，蕓娘卻不再吭氣，全神貫注地盯著那個窈窕人影，正是昨天晚上那個樂人。

總督府裡華燈初上，那樂人從他們住的院子裡走出去，繞了幾圈，一路上小心翼翼地避開往來的下人，時刻關注著四周，直至走到花園一處隱蔽的角落裡，再往內走了些，左顧右盼似在等什麼人。

這個行跡也許能瞞過府裡的人，可被蹲在牆頭的兩人看得一清二楚。

她這麼鬼鬼祟祟是要幹什麼？蕓娘心下疑惑。

很快她就有了答案，一道人影探頭探腦地從走廊的一端鑽出，粗布短打的家丁打扮，手中燈籠搖晃，停在那樂人面前。

只見兩人交頭接耳地簡短交談幾句，見到有人遠遠走過，兩人便戛然而止，一前一後朝兩個相反方向走去。

看著那男人從後門跟隨其他家丁出了門，蕓娘急忙拉住顧言的手就要往牆下跳。「走，可不能讓這人跑了，這人肯定跟幕後主使者有關。」

可下牆不比上牆容易，蕓娘比量著這牆的高度和自己的身量，硬跳下去估計會摔個臉撲地。

顧言看了她一眼，摁住她的肩頭。「妳等我先下。」

說完，顧言向下一躍，果然是腿長，他沒費什麼力就穩住了身子，站在牆根回頭看向蕓娘，朝她張開雙臂。

「跳。」

蕓娘眼睛彎成了月牙，沒再猶豫，縱身一躍，一頭扎入他懷中，直撲了個滿懷，鼻尖都是他身上的冷香味，混合著微微涼意的夜風，讓人覺得異常安心。

「我沈不沈？」蕓娘悶聲問他。

顧言摟著她的腰，看了她一眼，揶揄道：「是得少吃點，下回都接不住了。」

蕓娘紅了臉，還是沒抬頭，一扭過頭走在前面，顧言一挑眉，眼角帶了些笑意，慢悠悠地跟在後面。

兩人走在延綏城的街道上，夜裡平常蕭索的街邊挨家挨戶掛滿了燈籠，這些燈籠一看就是當地百姓自己做的，做工簡陋，形態各異，可這時看著卻有些不一樣的感覺，這些燈籠承載著當地百姓對豐收的期盼，微弱，卻點亮了這座戰亂和貧窮中的邊陲小城。

蕓娘和顧言沿路邊欣賞花燈，邊不緊不慢地跟在那可疑的家丁身後。

那人先是探頭探腦地拐進了一家藥鋪，沒過多久又出來，手裡多了些東西，蕓娘皺起眉頭，想進那藥鋪去探問，卻被顧言一把拉住。

只見他也不知朝哪招了招手，黑夜中竄出幾個人影就進了藥鋪，蕓娘一怔，四下張望了下。

「這些人從哪竄出來的？我怎麼一點都沒發現還有人跟著？」

顧言瞥了她一眼。「這是國公府的近衛，尋常人自然發現不了。」

「那他們剛才就在？」

蕓娘想到剛才自己爬牆頭的事，豈不是被這些人眾目睽睽之下看了全程？怪不得顧言剛剛要勸她換條路走。

「嗯，沒事。」顧言帶著淡淡笑意道：「他們也要跟著咱們翻牆。」

近衛去打探，兩人繼續跟著那人前進，直到那人左拐右彎到了間酒肆外，這酒肆開的位置並不起眼，迎來送往的人卻很多，還能看見不少當兵的也出入其中，那人前腳走了進去，兩人在後邊也緊跟了進去。

一進酒肆，就見大堂裡有胡女在跳舞，這地方位處邊境，有些通商的胡人在這裡倒不稀奇，那人悶頭去到二樓角落裡一處酒閣子，兩人便順勢跟了上去，鑽入他隔壁的閣子間。

這閣子間每一間都是單獨的，蕓娘趴在牆上聽了半天，回頭看向顧言。

「沒動靜，也沒說話聲，好像就他一人。」

「不急，再等一等。」顧言倚在欄杆處，透過竹簾盯著樓裡唯一的進出口，慢悠悠地說。

突然，門響了起來，蕓娘急忙坐直身子，那酒肆的小廝推門進來送酒，酒送完了也不急著走，直在兩人身上一陣打量。

他見顧言雖一身常服，但面容俊美，氣勢不凡，在這延綏，除了當兵的和普通百姓外，那便是有頭有臉當官的，這些官老爺手裡各自都有私兵，常人不敢輕易招惹，而他身側的蕓娘穿著男子胡裝，酒肆裡暗，他看著只覺得眼大皮膚白，兩人舉止又不避嫌，推測應是這位大人的弟弟之類的人物。

他轉身對外頭的人說些什麼，緊接著幾個人出現在身後，小廝側過身子，笑著問道：

「兩位可要唱曲助興？您看最近新來了好些胡姬。」

聽到這話，反正隔壁也沒動靜，蕓娘順勢打量起這人身後的胡姬來，除了剛才樓下見過的幾個美女外，這群胡姬裡竟然還有男的，金髮碧眼，高鼻深目，她還從沒見過呢。

蕓娘好奇的目光看向他們，問一旁站著的小廝。「這些男胡姬也會唱曲嗎？」

小廝笑了笑，招呼那幾個男的進來，一字排開。

「會，還會跳舞呢，小爺您看看有看上眼的嗎？只管說就是了。」

這好啊，她從來沒看過男胡姬跳舞唱曲呢，等她開了眼界，回頭返回京城，跟江秋月不就可有得說了？

蕓娘正興致勃勃地準備逐個仔細打量這些人，就聽身旁聲音冷冷道——

「出去。」

蕓娘揚起眉，回看向身後人，可身後人面色淡淡的，只掃過那幾個男胡姬，面如寒霜，話音裡帶著股不容抗拒的意味。

「沒聽清嗎？出去。」

那小廝心裡打了個顫，在這酒肆裡伺候客人，最講究的就是眼力。

眼下那位矜貴的客人雖說面上看不出喜怒，但這眼神裡可是寒氣陣陣，怕是再說下去，真就惹了事，他急忙斂起神色，招了招手，那幾個男胡姬便匆匆從酒閣子裡退了出去。

小廝堆著笑躬身道：「冒犯客人了，小的這就下去。」

待到酒閣子裡又只剩下兩人，蕓娘只覺得這眼界還沒開，就被顧言生生給關上了，她氣鼓鼓地往桌前一坐，倚著欄杆，看著眼前人，一扭頭。

「真是越來越霸道了，就准你找樂人喝茶聽曲，倒不准我看兩眼那男胡姬嗎？」

誰知顧言只是把酒盞一放，舒展些身子，臉色微霽，理所當然地道：「看他做什麼？他們長得還沒我好看，看他們還不如看我。」

這話雖然是實話，可蕓娘還是嚥不下這口氣，她起身站在他面前，插腰道：「那我問你，你會唱曲嗎？會跳舞嗎？」

顧言抬眼輕輕一笑，蕓娘還沒反應過來就被他拉在懷裡，酒肆裡揚起了異域風情的曲調聲，有些綺麗的鑽進耳朵裡。

「身子骨太硬了，舞是跳不成了，曲兒倒是會唱幾首，妳想聽什麼？長生殿還是遊園驚夢？」

蕓娘把手抵在他胸前，只覺得這人說話有時總有些風流味，不禁臉色通紅，有些懷念之前那個青澀內斂的少年模樣。

「以前我撿到你的時候，你連換衣服都害羞呢。」誰知道現在成了這副模樣。

顧言挑了挑眉。「那時年齡小，面皮薄，不經事，說來我倒有幾分後悔……」

蕓娘抬眼。「後悔什麼？」

顧言輕輕一笑。「後悔自己浪費了好些大好時光。」

「呸，還狀元郎呢，不正經。」

「正經都是給外人看的。」

聽到這話，蕓娘臉上越發的紅，見顧言眼裡帶著些笑意，但又忽然目光一瞥，眼神停在某處，神色逐漸冷了下去。

蕓娘注意到他的異樣，知道必然是等的那人出現了，一想到正事，她斂起神色，扒著欄杆，順著他目光望去，嘴裡喃喃問著。「怎麼了？看見什麼了？」

顧言一挑眉，好整以暇道：「妳知道誰進了那閣子間嗎？」

蕓娘心急催促道：「唉呀，快說，別賣關子了。」

他把酒盞擋在嘴邊，像是等到魚上鉤的經驗老到的釣手，微微勾起嘴角——

「那夜逃跑的民兵首領，王左桂。」

第十七章

「總督府裡已經打點妥當了，小姐的意思是盡快動手。」

這閣子間雖每一間都是獨立的，但若仔細聽，卻能聽到裡面隱隱的說話聲。

小姐？

蕓娘心中一跳，正想湊過去聽，顧言摁住她的肩膀，挽起衣袖，從桌上取來一把削水果的小刀，插在木製的牆板上，稍微一用力，牆板上翹起一道細小縫隙。

又一道聲音從裂縫中傳來。

「你以為你在跟誰說話？什麼勞什子京城小姐，老子可不吃你們那一套。」

隔壁閣子間裡，接頭人聽到王左桂這囂張的口氣，眼中閃過一絲不屑。果然泥腿子就是泥腿子，都成了喪家之犬，還敢在這邊嘴硬。

他冷笑一聲，開口道：「王左桂，那日你被顧言打得像隻狗一樣，若不是我家小姐救了你藏起來，你早就去閻王殿喝湯了，現下給你個機會去殺顧言，你倒磨磨蹭蹭起來了，莫不是你見那顧言怕了？」

「放屁，誰怕了？」

王左桂一掌拍在桌子上，想到那日之戰死了那麼多弟兄，臉色頓時變得難看起來。

他抬起一隻眼睛，死死地盯著那個傳話的人，如果是以前，誰敢這樣和他說話？現在居然被一個不知從哪裡冒出來的小丫頭派來的人指派！

「回去告訴你家小姐，按計劃行事就行，姓顧的那邊我自會解決，在這延綏城裡有人比我更想除掉他。」

聽到這話，蕓娘一驚，轉頭看向顧言，卻見顧言目光幽深，那些話似沈進他眼底，沒引起一絲波動。

這時牆上一小塊木板年久失修，輕輕砸落在地，清脆的響聲引起隔壁的動靜。

「誰?!」

屋子那頭的人有所警覺，顧言一把收起小刀，看了眼蕓娘，把她拉到身側，壓在牆上，兩人呼吸相近，只聽到隔壁道：「屋子裡可還有其他人？」

「沒，想是聽錯了。」

隨著兩人離開，聲音漸漸遠去，蕓娘站起身來，扒住欄杆，望了望那兩人走出去的方向，回頭對顧言道：「那兩人要走了，不抓他們嗎？」

顧言站在她身後，望著那兩人混入人群中，目光落在王左桂的去處。

「不急，這些帳明日一起算。」

回去的路上，蕓娘再一琢磨到那傳話人和總督府裡那樂人勾勾搭搭，眉頭緊蹙，想到兩人剛才提到的「小姐」，又說是京城來的，一個糾纏不休的名字浮上心頭——陸安歌。

她不由停住腳步，看著顧言，四下一望，壓低聲音道：「你說，會不會是景王派陸安歌來的？」

「不會。」顧言淡淡道：「景王就算昏了頭，也不會派她來西北辦事，平白露出破綻。」

「那就是她自己要來的……」蕓娘喃喃道，回想著前世根本沒這一齣啊，陸安歌怎麼會如此執著？

突然想到先前追擊她的那些死士，靈光一閃，覺得這些事陸家必也參與其中。

想到這裡，蕓娘怒火就上來了，起初她重生之後，以為只要遠離陸家就有好日子，可是陸家並不放過她，但儘管陸家三番四次找碴，她也僅僅是為了自保還擊，原以為那次因戶籍之事對簿公堂之後，顧言也做了官，陸安歌能有所收斂，沒想到她竟然又追到西北來。

她一個人沒有這種能耐做到這些事，所以陸家不可能毫不知情，顯然是做了她的幫凶，蕓娘越想越氣。

「顧言，這次我要以其人之道還治其人之身。」蕓娘抬起眼，堅定道：「我算是明白了，這世上你退一步，那惡人便會進一步，人心都是貪婪無止境的。原來我想息事寧人，大道各走一邊，是我天真了，只要我對宮裡那人還有用，陸安歌也好、陸家也罷，絕不會善罷甘休，我與其被動等著他們一次又一次下圈套，不如我先出手。」

這一世，她要將受的委屈和苦頭都討回來。

即便蕓娘不說這話，顧言這回也必然會斬草除根，本想說不用這麼麻煩，他會幫她解決，可看向眼前人，她一路走來，展現了旁人沒有的勇氣，到嘴邊的話又嚥了回去。

人群中響起一些騷動，原來不遠處的城牆墩臺處有人為了祭天祈豐年，點燃了一道煙火，那唯一的煙火在這邊塞的天邊「咻」的一聲爆開，像是一團火碎成片片光亮，照亮整片夜空。

夜風夾雜著硝煙撲面而來，蕓娘抬頭望向夜空，只聽耳邊的人輕聲道：「有我在，妳想做什麼就去做。」

「顧大人，這是常平倉，那邊是義倉，年初收了鹽淮兩地的漕糧，裡面的儲糧足以應對今歲賑災之需。」

正值午時，這西北熱得有些快，到了日頭上又熱又乏，連絲風都沒有，一隊人浩浩蕩蕩堵在糧倉口，百姓拖家帶口的圍在路邊悄悄打量這情形，聽說這些是從京城來的官老爺，雖然他們知道官老爺不一定能做些什麼事，但總盼著會發兩口填肚的糧就行。

付廷扯了扯悶熱的官領，坐在馬上，拿著馬鞭指著不遠處的糧倉侃侃而談，不愧是監察院出身，嘴皮子能說。

「付大人。」

顧言掃視過兩旁衣衫襤褸的百姓，趁著空檔截斷他的話，聲音不算大，但那冷冽的話音卻不容忽視。

付廷怔了下，看向顧言，只見他面無表情道：「餓殍於野，禾稼驚傷，聖人既派我來西北監察，總督可否開倉驗糧啊？」

「這……」付廷乾笑了兩下，後背盡濕，不知是汗濕還是別的什麼，陪著笑臉道：「常平倉是官辦倉儲，還會出什麼岔子不成？」

「這可難說。」顧言瞥了他一眼，輕飄飄提出一個話頭。「付大人可知那王左桂養了多少民兵？」

付廷笑一頓，卻還是把話接下。「多、多少？」

「我替大人清點過了，足足有兩千人。」顧言輕輕一笑。「這邊陲之地，地瘠民苦，沙磧無糧，我倒是很好奇，這些造反民兵怎麼持續兩年之久，人數還不斷擴張呢？」

付廷臉一黑，挺直了腰桿，看著顧言。

「顧大人這是何意？雖你是新科狀元出身，但也不得這般張狂，莫不是懷疑本官，本官只想著大人辛苦，卻沒想到引得誤解，來人。」

一個官吏跑過來，只聽付廷道：「去把常平倉給顧大人打開。」

那官吏連連稱喏，顧言瞥了付廷一眼，付廷板著臉一副剛正不阿的模樣。

顧言翻身下馬，招了招手，帶著幾個護衛進了糧倉。

待那身影消失在糧倉門前，有官員按捺不住了，湊到付廷馬前。

「大人，這顧言不是個善茬，真讓他再這麼查下去，開了義倉，可就什麼都完了。」

付廷望著遠方。「顧言敬酒不吃吃罰酒，這幾日我好聲好氣地勸他，他既然不聽，就別怪我心狠，讓人通知那人，說可以動手了。」

說著，他雙目微瞇。

「管他顧言有通天的能耐，過了今夜，也是死人一個。」

「妳來做什麼？」

天氣漸漸熱起來，新買的隨著蕓娘前來西北的顧家小丫鬟豎起眉毛，氣鼓鼓看著來人，似乎並不打算讓來人進門。

樂人捂著帕子，微微一笑，把托盤舉高了些。

「姑娘，這兩日天氣悶熱，人易體虛，我專門為夫人做了些南方點心。」

「妳有這麼好心？」

小丫鬟狐疑道，她在京城的時候，受嬤嬤們的指點，就經常聽到京中的妾室在伙食中動手腳，害人家正室夫人的事，雖說這些事到底說不來真假，可那晚看來，這樂人可不就是個狐媚子嘛，如此一想，小丫鬟蒲扇一擋。

樂人只看了她一眼，揚聲道：「夫人，我給您送點東西來。」

「不行，妳不能進……」

小丫鬟正欲拒絕，但房間裡卻響起了聲音——

「讓她進來。」

小丫鬟只得咬咬唇，沒好氣地瞪了她一眼，讓出一條道給她。

這夫人聽說是個苦出身，怪不得心軟，耳根子也軟，想是連那丫鬟都知道的事，她倒是沒什麼防備，樂人這麼想著，把輕蔑埋在眼底。

進了屋子，微微垂下眼，看到眼前人，俯身做了個福。

「夫人，我做了些點心給您，也是多謝夫人那晚留下奴，奴無以為報。」

只見那年輕的顧夫人看都沒看她，話裡帶著幾分氣道：「若不是妳那晚苦苦哀求，我絕不會留妳。」

樂人聽著這話，越發覺得這夫人心思簡單，笑道：「是，奴知道，夫人大恩大德，奴這輩子都還不盡了，這世上再沒有比夫人更心善的人了。」

說完，她要告退，餘光中看見顧夫人捻起一塊糕點送入口中，微微垂下眼，快步走了出去。

夏日裡晝長夜短，夜風隨著那不尋常的細碎動靜潛入院子裡，風裡帶著絲絲涼意，兩個人影站在廊下角落低語。

「我已經引開了那小丫頭，妳可確定夫人吃下那藥了？」

「放心，我親眼所見。」

樂人一把推開陸蕓的房門走進去，身後一個家丁打扮的男子緊隨其後，只見屋內燈火通明，一個女子正趴在桌上。

「夫人？」

樂人踮起腳走進內室，輕輕叫了聲，卻不見動靜，給一旁的家丁使了個眼色，兩人一人一隻胳膊架住蕓娘就往外走，剛跨出房門，就聽見遠處一陣響徹總督府的廝殺聲。

那樂人手上一顫，家丁催促道：「別看了，快走，馬車就在外面，定是那邊也動手了。」

兩人把人架上馬車，家丁向車伕示意，馬車終於駛動了。

方才坐好的樂人長舒一口氣，卻突然感覺到自己脖子上被個冰涼的東西架著，她剛想張口，一塊帕子已經塞進了她嘴裡，顯然是有備而來。

沒想到蕓娘是清醒的，樂人看著黑暗中那白日時看來單純清澈的目光，心裡一陣發寒，這才知道自己才是犯傻的那個。

不多時，車外沒了動靜，好一會兒馬車才停，只見車簾掀開，幾個影子般黑衣打扮的人稟報——

「夫人，人都解決了，但跟上去，那客棧裡沒人。」

蕓娘望向樂人，取出她嘴裡的帕子。

「說，指使你們的那位小姐在哪？」

樂人不知她怎麼識破他們計劃的，又是如何知道那位指使她的小姐的存在，現下心裡只有一片恐慌。

「我、我也不知道，我只是被派來監視妳和下藥的，那人平時不在這裡，總督夫人見過她好幾次，兩人相談甚歡，應知道她的住處。」

聽到這兒，蕓娘已理清了陸安歌的把戲，急急對著趕車的護衛道：「掉頭走。」

「夫人去哪裡？」

蕓娘頓了下。「回總督府，再去會會那總督夫人。」

顧言坐在太師椅上，看著地上被五花大綁的人，那付廷邊塞著衣服，邊匆匆自外面趕來。

「唉唷，顧大人可有受傷？」

明燈火燭下，顧言只看了他一眼，付廷卻覺得這一眼看得他脊背骨發涼。

只聽他薄唇微啟，盡是譏誚之意。「受傷倒是沒有，只是付大人睡得可好？」

「顧大人說笑了，發生這麼大的事，我怎麼能安睡呢？」

說著那付廷轉過頭來看向跪在地上的人。

「大膽狂徒！竟然敢闖我總督府，還想行刺？來人，將人帶下去。」

話音將落，卻聽見一陣笑聲，付廷一愣，卻見是那伏在地上的人發出來的。

「當年我起義的時候，你付廷算個什麼狗東西，是你求著我招降的，你忘了嗎？」

「你胡說些什麼？」付廷變了臉色，慌神對兩旁人道：「還不快把人帶下去。」

「慢著。」

顧言看了他一眼，意味深長道：「付大人，我倒是好奇他的話。」

「顧大人，這人是個反賊頭子，十惡不赦，你聽信他的話……」

「呸，老子是反賊，但比起你來，還算好的。」

王左桂有那麼兩把力氣，掙脫著鬆了些，付廷看他這陣仗有些害怕，退了兩步，他卻步步緊逼。

「旱蝗災迭至，可朝廷呢，那皇帝老兒只知求仙問道，坐視民疾，痛癢不相關，我起義怎麼了？起碼我帶著婆姨娃娃吃飽了肚子，要不是信了你的鬼話，要對付這個什麼顧言，老老實實地待在山頭上，老子的那些兄弟也不會死！」

「你、你胡說些什麼！我、我乃朝廷命官，怎麼會與你有關係？」

「朝廷？」王左桂冷笑下。「朝廷到底算個什麼東西，上任總督陳思堯死在邊關的時候，朝廷怎麼不管？連我們這種反賊都知道，陳思堯不是戰死的，他是被斷了糧，你們敢信堂堂三邊總督被朝廷自己人斷了後路，活活餓死在大漠裡，還有北邊那位王爺收了多少的賑災糧……」

「來人，還不快給我把人帶下去！」付廷慌了神，急急忙忙喝道打斷，幾個人把滿身是血的人往外拉。

「付大人。」

付廷身子一抖，他轉過頭看向顧言，只聽他道：「我沒記錯，付大人也說朝廷撥了兩淮漕糧，敢問大人現在儲糧幾何？」

付廷搓著手，訕笑。「大、大人今早不是親自去看過了嗎？」

「我是看了，可除去那浮皮子頭上的一點新糧，都是陳到發霉的舊糧，真是難為大人湊出來了。」

說著顧言冷下神色，拍了拍手，讓人遞上去一封書信，付廷看了後，身子差點站不穩。

「我夫人曾截獲一隊去甘肅報信的民兵，這信裡除了寫當日的東西，還有些有意思的事，比如說大人託那些民兵為大人運糧給景王。」

付廷梗著脖子道：「顧言！我敬你是朝廷監察，你不能信口開河！」

顧言微微一笑。「信口開河？到底大人與我誰信口開河？」

付廷臉色一沈，發狠道：「顧言，你是不是太小瞧我總督府了？」

說完，一群黑壓壓的士兵衝了進來，把屋子圍得水洩不通，凜凜寒光照在燈下，帶著劍拔弩張的氣氛，那付廷仰著頭，連身板都挺直了許多。

但顧言掃視一圈，絲毫不見慌張，冷笑道：「付大人，當年你就是因為口出狂言，被聖人派到西北來，沒想到今日還是這般不知死活。」

付廷眼皮一跳，還沒明白他這話是什麼意思，只見外頭喊殺震天，不過眨眼功夫，一個浴血的魁梧將士帶著一隊士兵殺了進來，總督府這些兵哪裡是對手，楊望放下手中的屍體，走到顧言面前，單膝跪地。

「大人，今夜王左桂動身之時，我帶人把他城裡落腳地也查了一遍，這裡有兩封私信，皆有總督落筆。」

「你、你……」

付廷面如死灰癱坐在地，身旁的士兵湧上來要把他帶走，他猛地抬起眼，眼睛瞇成了一條縫，垂死掙扎。

「顧言，你不敢動我的，若是我身死，這五大守兵根本不會聽你的號令，若是戰亂一起，你顧言就是反臣、千古罪人。」

顧言笑了笑，站起身來，彎下腰附在他耳邊輕聲道——

「罪人？付大人，這些你一一都說對了，我顧言是從流放千里苟活下來的，本就是個千古罪人，現如今更是狼子野心。」

半夜外頭起了動靜，總督夫人院子裡的侍女起身剛拉開門，就看見幾個人衝進院子裡來。

侍女看向來人喝道：「顧夫人，妳這是何意？這可是總督府，妳想做些什麼？」

蕓娘一挑眉，看著她道：「我才要問夫人想做些什麼？」

說著那樂人被丟了進來，屋裡的總督夫人一看，一臉了然的模樣。

還真是鄉下來的，沒一點氣度，多大點事就要鬧成這副樣子，那日宴會上說得硬氣得不行，還不是見這樂人受寵，想到這兒，眼裡有著幾分蔑視。

「哦，原來是為了這女子啊，若是顧夫人不喜歡，直說就是了，何必小題大做？」

聽到這話，蕓娘對著總督夫人微微一笑。

「那我倒想問問夫人，向我下藥、派人綁架我，這都是意欲何為啊？」

總督夫人愣了下。「顧夫人，妳在說什麼？」

話音落，蕓娘只低頭問那樂人。「是不是妳把迷藥放在糕點裡給我吃的？」

那樂人哆哆嗦嗦點點頭。「是，是。」

「妳……」總督夫人慌了神。「這可不能胡說！」

樂人揚起頭，面容蒼白如紙。

「我沒胡說，但可、可不是單我一個人做的，都是他們叫我做的。」

「他們？」總督夫人皺起眉頭。「他們是誰？」

門邊一個家丁的屍體被拉了進來，樂人臉色慘白，對著蕓娘哀求道：「夫人，就是他買的藥，他告訴我什麼時候該做什麼，我、我也是被逼的。」

總督夫人見到那屍體的時候，已經有些站不穩了，待聽到那樂人的話時，呼吸都變得急促起來。「這到底是怎麼一回事？」

「總督夫人，我問妳幾句話，如實回答我。」蕓娘轉向她問道，總督夫人也抬頭望向她。「這樂人真是妳府裡養的嗎？」

「不是，是……」總督夫人話說到一半，看著眼前人，又把話嚥了回去。

不行，她不能被她牽著鼻子走，不管怎麼樣，今夜她在總督府遇襲是真的，但如果自己和樂人這些事牽扯上關係，情勢立變。

於是總督夫人穩了穩心神，看向蕓娘道：「顧夫人，我不知妳半夜在這裡鬧什麼，總歸這是我總督府的地界，妳帶人衝進來是什麼意思？」

蕓娘聽她突然改了口風，眉頭一皺，只聽總督夫人繼續道：「這樂人不知做了些什麼，滿口胡言亂語，總之送出去的人潑出去的水，誰知道是不是受人指使？他人之事與我總督府無關，妳這麼造謠生事可不行，按理說妳家顧大人還比我家大人低幾個品級，要是我跟我家大人說上一句，這事可就大了。」

蕓娘望著眼前人，冷冷一笑，這是開始拿身分壓人了，只是她還沒張口，就見外頭慌慌張張跑進來一個小廝，總督夫人黑著臉道：「怎麼了？」

「夫、夫人不好了，老爺、老爺他被顧大人以謀反的罪名抓起來了。」

謀反？總督夫人只覺得天旋地轉，被一旁的人堪堪扶住。

「怎、怎麼會？莫不是、莫不是這中間有什麼誤會？」

可那小廝粉碎了她最後一絲希望。

「今夜有人行刺顧大人，顧大人順勢搜到了老爺與那民兵首領的往來書信，剛才兩個人都收押到大牢裡去了。」

「天爺啊！」

總督夫人差點要昏倒，這時一隻手將她扶住，她睜開眼睛，就見蕓娘看著她。

「夫人，這下可不用擔心撕破臉了吧，能說實話了嗎？」

總督夫人心頭一顫，整個人癱軟在椅子上，用手帕擦著眼淚。

「我怎麼攤上這麼個老東西……叫他不要搞那些，非要貪心不足蛇吞象，跟那些人勾搭在一起，沒幾個有好下場的……」

「夫人。」

蕓娘平靜地打斷她的話，總督夫人身子一震，這才轉頭看向她，眼睛一亮，急忙期期艾艾地扒住她的胳膊。

「顧夫人，妳大慈大悲，發發善心，不是說顧大人最聽妳的嗎？這回能否幫我們老爺求求情？」

「總督夫人，這可不是小事，妳家大人為官這麼多年，幹了什麼事，妳比我清楚。」蕓娘撥開她的手，淡淡道：「但只要妳告訴我那人的下落，求情不一定能成，也許可以讓妳和付大人見上最後一面。」

總督夫人臉色鐵青，閉上眼，知道凡事走到造反這一步就已經是絕路了。

她冷靜了一會兒，才緩緩道：「大概半月前，是一位姓陸的小姐主動找上我的。」

蕓娘心下了然，果然是陸安歌。

她緊接著問：「妳可知道她落腳在哪裡？」

總督夫人看向她，點點頭。

「我知道，那地方還是我幫她找的，就在城南後巷裡，我這就帶妳去找她。」

屋子裡亮著一盞燈，這是延綏城裡一處不算太大的院子，從外面看著樸素簡單，但裡面卻內有乾坤，處處透露著雅致奢華。

燈下一個女子正做著女紅，她面容秀美，穿著一眼看出就是富貴人家的輕紗好料子。仔細看，她正做的女紅竟是一件孩子的小衣，這女子縫衣服的時候嘴角還帶著笑，似乎這一針一線縫的不是衣服，而是將來數不盡的榮華富貴、錦繡前程。

「小姐。」

「咚咚」的敲門聲響起，一個老嫗推門而入，陸安歌看清了來人，眉頭一皺，放下手中的女紅。

「怎麼了？」

那婆娘似有些為難，支支吾吾半天才道：「白日裡那房東又來催房租了，說這屋子也不小，咱們本來說就住一個月，可如今一個半月都過去了，讓趕緊把房租補上。」

陸安歌厭惡極了底下人這副窮酸嘴臉，她不在意地道：「去打發她，遲早會給她的，急什麼急。」

婆子瞅著她臉色不好，也不敢再說什麼，只得唯唯諾諾的出去，要她說這小姐也是奇怪，剛來的時候大手大腳，什麼都要最好的，一看就是富貴人家出身，可怎麼到現在連個房租都拖拖拉拉的呢。

還有旁人也許看不出來那位小姐有什麼不對勁，可她生養過孩子，一眼就瞧出來了，小姐平日裡那副見了生鮮就不舒服的症狀，明明是害喜的模樣。

這可就真奇怪了，一個大戶人家的小姐，懷著身孕跑到這裡，總不會是來這西北吹黃沙的吧。

可到底她也只是個招來的下人，不好多想，扭身就走了出去。

而屋子裡的陸安歌等那婆子走了出去，也放下手裡的女紅，算著時日，應該就是今日動手了。

她出來的時候陸家給了她錢，她自己身邊也還有些積蓄和以往景王贈與她的金銀珠寶，可誰知這一路上也太費錢了，更別提那些死士、護衛，去總督府打點關係處處都要花錢，到了現在，她也有些捉襟見肘了。

可只要過了今夜，等王左桂殺了顧言，那樂人把蕓娘給她帶來，她就能光明正大的回京城了。

就這麼想著，外面的院門突然響起了敲門聲，陸安歌猛地提起一口氣，心下犯嘀咕，這個時辰，會是誰？

她警覺地立即走到一旁護衛的住處敲了敲門做暗號，自己開了後門，隨時準備走，可這時聽到院門外響起聲音——

「陸小姐，是我啊。」

聽著是那總督夫人的聲音，她腳下一遲疑，怎麼是她？

現下那樂人沒給她傳信來，這總督夫人還有用，萬一出了什麼事，要出城門引子什麼的還得靠這位夫人。

她沈思片刻，朝出來的護衛使了個眼色，親自走向院子，隔著門笑道：「夫人，怎麼這麼晚還來啊。」

「陸小姐，今晚府裡出了些事，我心慌啊！」

陸安歌聽到這，提著的心便放下了，定然是那樂人得手了，總督夫人怕受連累，不知怎麼辦才找了過來，可惜到底兩人就是一根繩上的螞蚱，從她進了這個局開始，就注定跑不了了。

樣。

這人好哄騙，只要威逼利誘幾句，再暗示自己是景王的人，這總督夫人也不敢拿她怎麼

打定主意，陸安歌揮退兩旁的護衛，挑著一盞燈，自信滿滿地拉開門。

可是剛一開門，數十把火把的光齊刷刷映在臉上，一瞬間照得她睜不開眼，只見那總是笑咪咪的總督夫人吊著個臉，彷彿陰曹地府女鬼般盯著她。

她還陰惻惻道：「陸小姐，妳可真是害慘我了。」

「我……」

陸安歌剛抬起頭，想說些什麼，可一看到她身後那個人，手裡的燈籠骨碌碌滾在地上，燃成一團。

「陸蕓！怎會是妳！」

天色還沒全亮，天邊還是暗暗的一片，只是稍微能看見些曙光的顏色，蕓娘站在屋外，聽著婆子和大夫的對話，挑眉道：「妳說陸安歌懷了身孕？」

「可不是，一個大姑娘家懷著身孕跑這麼遠，也不知道是不是什麼不三不四的人……」

蕓娘聽著這話，推開了門，床上的人正要起身，可是腹痛讓她站不穩又跌坐回床上，疼痛令她額頭上瞬間就出滿了冷汗。

她看清來人，像是一根刺扎在眼裡。

「陸雲，妳是來看我笑話的吧？」

雲娘不說話，只站在她面前，冷冷打量著這個前世害得她那般慘的人，原先是錦衣玉食，如今她衣衫凌亂，頭髮被冷汗貼在額頭，想是有身孕又睡不好，臉色蠟黃一片，這一刻，是如此狼狽不堪。

「妳別得意，妳不過是傍上了那顧言，運氣好了些。我告訴妳，我肚子裡懷的是景王嫡子，妳不敢動我的，等我生下這孩子，妳和妳那夫君通通跑不掉。」

聽著她這近乎癡狂的話，雲娘沈默半晌，看向她淡淡開口。「陸安歌，妳殺死嚴穩婆的時候在想什麼？」

陸安歌身形一僵，頭髮散落在兩邊，直勾勾盯著雲娘，她臉頰消瘦凹陷，此刻在這暗室裡真如女鬼一般。

「什麼意思？」

雲娘垂下眼。「沒什麼意思，我在想妳對妳肚子裡的孩子那麼珍視，可倘若有一天，妳的孩子也像妳一般對親娘百般嫌棄，甚至不惜痛下殺手時，妳會作何感想？」

陸安歌神色一滯，手上動作一僵，又低頭看了看自己的小腹，滿面溫柔道：「不會的。」

「妳總是如此自信，怎知妳的孩子不會？」蕓娘戳破了她不能自圓其說的話。

「那是嚴穩婆該得的下場，每年生辰她都會來找我，可不知我最討厭的就是見到她……」

陸安歌喃喃開口，似說給別人聽，又像是說給自己聽，蕓娘一怔，看向她。

「我討厭她帶著泥巴的手，討厭她討好的臉，更討厭她身上的氣味，那是窮人的氣味，我見過那些窮人，被人踩在腳底下，一輩子抬不起頭……

「我七歲那年，她頭一次偷偷找我，跟我說了所有的事，我不信，可後來我偷聽到趙氏的談話，才知道她說的是真的，只覺得天都要塌了。趙氏是後來才知道我的身世的，只不過因我相貌好，人也機靈，她仍對我青睞有加，尋親生女兒的心也早已淡了，那時我以為日子就這麼過下去了，直到宮裡……」

陸安歌說到此處，突然頓住，蕓娘抬頭看了她一眼，她也抬頭望著蕓娘，似笑非笑的模樣，讓人不寒而慄。

「我知道妳一直好奇是誰要找妳，可我偏不告訴妳，妳以為顧言能保妳嗎？我告訴妳，誰都保不住妳。」

蕓娘一挑眉，心裡有了個大概的猜測，只不過這個猜測必須等江秋月來幫忙證實。

她只那麼看著她，她曾想過抓到陸安歌以後，要怎麼對她千刀萬剮來解氣，可此刻看到這人這副模樣，內心只剩下同情和悲哀。

「陸蕓，妳別拿這種憐憫的眼神看著我，我告訴妳，我不需要人可憐我，因為我不是你們這種需要人憐憫的下賤人等。」

「我不是憐憫妳。」

蕓娘凝視著她，她的聲音在夜色中迴盪，但卻格外清晰。

「我是在想，嚴穩婆最大的錯誤不是將妳調換成陸家小姐，而是沒有讓妳體會過窮人捉襟見肘的困苦窘迫。妳對窮人有偏頗的成見，根本是活在自己的想像中，還一心以為自己高高在上，和他們不同。」

黑暗裡一聲冷笑。

「說什麼鬼話，人生來不就是分三六九等的嗎？妳嫁給顧言不也是為了往上爬？」

「是，人的身分會因為職業背景被分為三六九等，但人心不該有。」

蕓娘直勾勾看著她。

「那些妳所謂下賤的人，不是不懂得妳說的這些，但尊嚴要建立在溫飽上，他們能吃苦，彎得下腰，比妳這種只吃點苦頭、受點累就要死要活的『小姐』強百倍、千倍。」

「妳……」

「還有我嫁給顧言，是想過好日子沒錯，可我既沒傷害到別人，也一直努力過活，我活得坦坦蕩蕩，不怕人說。」

說完，蕓娘轉身就要走，可陸安歌的聲音在背後響起，還帶著詭異的銀鈴般笑聲。

「妳不殺我？怎麼，是下不了手，想當菩薩啊？」

蕓娘身形一頓，微微垂下眼。「本來是想對妳動手，可現在覺得還有更好的辦法。」

「妳想做什麼？」

陸安歌瞇起眼望向她的背影，有種不好的預感。

「顧家在京郊有個特別偏僻的別莊，人跡罕至，旁邊只有野狼和亂葬崗，正打算把妳送回去關在那裡，找幾個人看守著。」

「陸蕓，妳瘋了?!」陸安歌一聽要去鄉下，跌跌撞撞站起來道：「妳還能把我關一輩子不成？」

蕓娘想到上一世自己被關在別莊裡，孤零零到死的模樣，她微微垂下臉，輕輕道：「為什麼不行呢？」

「不，我不要去鄉下，妳不能軟禁我！」陸安歌只覺得眼前一片黑，撕心裂肺地喊：「我是陸家千金小姐，誰敢對我動手?!」

蕓娘不再理她，徑直往外走，「砰」的一聲關上了房門。

夜色中，顧言站在走廊上，望著她淡淡道：「妳不想殺她嗎？」

蕓娘看著院子裡的湖水，雖然經歷了一夜的大起大落，但她的情緒卻是平靜無波，只覺得鬱結在心的什麼東西豁然消散了。

她扭過頭淡淡道：「我也不知道這麼做對不對，可總覺得殺了她太便宜她了，我想把她關到別莊去。」讓她也嘗嘗上一世她受的苦。

顧言沒有問她為什麼，只微微挑起眉，牽著她的手，沿著長廊往前走去。

「但就算妳今天饒了她，她也活不了多久了。」

蕓娘一怔，剛想問個清楚，突然就見那城牆墩臺處的天邊亮起好多道光，有紅有綠，比那晚的煙火還絢爛，把這黎明前的夜空照得如白晝一般。

「這是……」

顧言的側臉映在火光下，連平日那風似乎都凌厲幾分，只聽不遠處響起一陣轟隆隆的馬蹄聲，如地動山搖。

他面容肅穆，冷然道：「韃靼來襲，要打仗了。」

第十八章

陸安歌只覺得自己作了一場夢，一場大夢，夢裡面那陸蕓回來了，她趾高氣揚地對她說她不過是個穩婆生的冒牌貨，旁人都笑她，都捂著鼻子離她遠遠的，彷彿她身上也有股怪味，就是當時嚴穩婆身上的那股味道……

她猛地驚醒坐起來，直到看清自己所在的地方，這才大口喘氣。

都怪那個總督夫人不爭氣，怎麼把她給供出來了……不、不怪那個總督夫人，也是怪陸蕓的夫君太過厲害，付廷在這兒盤根錯節的三、四年，說連根拔就拔了。

她覺得有些口渴，下床想要倒些水喝，可一看鏡子裡的人，面容枯槁，衣衫凌亂，可怖至極，她手裡的杯子掉在地上。

這不是她，這不是陸家小姐陸安歌該有的樣子！

「咚咚！」

突然響起敲門聲，緊接著有人推門進來，有光猛地刺眼地照進屋，她伸手臂遮擋了下，只見是個下人端著飯食低眉順眼地進來，她避過頭去不想讓人瞧見自己這副模樣，可就在她一轉頭之際，看清那下人，立即面露喜色，一把抓住他的手。

「你、你是景王府的人對不對，我見過你……」

那人急忙把手指抵在唇上，噓了一聲，嘴角勾起一個意味深長的笑。

「小姐莫急，稍安勿躁，我是王爺派來接您的。」

「果然，我就知道，王爺心裡還是有我的。」

陸安歌擦了擦臉頰邊的淚。

「我們什麼時候走？」

那人笑了笑。「今夜就走，王爺很擔心您呢，您這身子能走嗎？小姐還是先用些飯，好有力氣上路。」

「能，我能。」陸安歌六神無主地說著，拿起碗筷大口扒著飯。「對，我得吃些飯，才有力氣……」

她如果再抬一眼，定能看見身側那人嘴邊譏諷的笑。

深夜，一輛馬車離開了延綏，在夜風中疾馳。

「還要多久？」

趕車的人一抽鞭子，頭也沒回地道：「快了，小姐這就到了。」

陸安歌倚坐在車廂裡，臉色陣陣發白，額頭上冒著虛汗，捂著肚子只覺得腹痛難忍，想是這段時間過於奔波勞累了，再忍忍，等撐過了這段時日，要什麼錦衣玉食沒有，那時一定能調理好身子，生下一個白白胖胖的小世子，想到這兒她又咬了咬牙。

可沒多久，馬車竟然停了，陸安歌心裡大喜過望，一掀開簾子，剛出了個聲。

「王……」

只見面前是萬丈深淵，而這馬車搖搖欲墜地就在懸崖邊上，陸安歌這才彷彿從美夢中驚醒，一臉驚恐地望向那趕車的人，大喊道：「你、你不是王爺派來的！」

「我是王爺派來的，王爺特意吩咐我，讓我送妳上路。」

「不可能！」陸安歌近乎癲狂地搖著頭，要爬出車外。「我要見王爺，我要親自見王爺。」

那人譏諷道：「妳算個什麼東西？還要見王爺？」

陸安歌捂著小腹。「我、我肚子裡有王爺的骨肉，你敢動我？」

那人冷冷一笑。「誰知道是誰的野種呢，王爺可不能有個穩婆女兒生的孩子。」

陸安歌聽到這話，只覺得墜入一片黑暗之中，緊接著就是一片的紅，她以為是自己看錯了，可再看向雙手仍是一片紅，往下瞧雙腿也是一片紅，腹痛聚集起來，像是抽筋剝骨的疼，她突然想到了剛才吃的那碗飯，那飯有問題！

她出了一身冷汗，雙目失神大喊：「王爺不能這麼對我！我為他做了那麼多！」

「到現在還沒認清自己的身分。」

那人見她已經開始語無倫次的發癲，抽出匕首沒入她的喉嚨，頓時所有的音節都戛然而止，隨後他跳下馬車，一揚馬鞭，馬車連帶著陸安歌一起墜入萬丈深淵，連個落地的聲響都沒有。

黑夜之中，這人吹了一聲口哨，數名騎馬的人策馬而出，他翻身上馬，一連奔出十餘里，來到甘陝邊境的涇河旁，這才翻身下馬，來到一輛馬車前跪道：「王爺，您交代的事已經辦妥了。」

簾子裡一個男人的聲音響起，帶著幾分讚許。

「這事你辦得很好。」

緊接著黑暗裡緩緩走出來一個人，他那身打扮有些不像關中本地人，反而像是城牆外那群韃靼的模樣，卻聽簾子裡的人恭敬道——

「邵元道長，關外那邊應該已經準備好了，付廷已死，顧言此次必然出征，剩下就看你的了。」

與此同時，在總督府的顧言正收到消息——

「陸安歌死了。」

顧言立在窗前，摺起手中的信，淡淡地道。

蕓娘怔了下，她還在納悶為什麼昨日景王的人潛入帶走陸安歌，顧言卻不讓人動手攔下，沒想到第二日就聽見了這個消息，一切都來不及了。

「今早護衛追過去在崖底發現了屍體，仵作驗過，致命傷是心口刀傷。」將人殺了，再推落懸崖底毀屍匿跡，這景王的手下倒是乾脆索利。

蕓娘心裡說不上來什麼感受，不知道陸安歌如果知道自己的結局，在死之前是否有一絲絲的後悔？如果當初嚴穩婆沒有貪心換孩子，如果陸安歌沒被虛榮富貴迷了眼，早早跟嚴穩婆走了，或者如果後來她良心未泯，沒殺嚴穩婆，及時收手，是不是不至於落到今天這般下場？

可人生哪有那麼多如果。

顧言轉過身，看著蕓娘怔怔地坐在椅子裡，捏著帕子，目光出神不知想些什麼，那蓮枝素錦帕在她手裡收緊又鬆開，直到揉成了一團看不出模樣的東西。

他走到她面前，從她手裡把帕子取出來，蕓娘抬眼看他，他只是緩緩道：「不用想那麼多，每個人都得為自己的選擇負責。」

那帕子即使表面被撫平，也還會留有被揉過的痕跡，蕓娘心中一動，盯著帕角被微風吹得微動，朦朦朧朧的透過些燈色。

「顧言，如有一日，你和那景王一般站在高山上，而我成了你爭奪權力路上的絆腳石，你……」

那話沒說完，顧言只看著她，那平日裡看慣的鳳眸此時卻略顯涼薄，這最後的話竟是問不出口來了。

蕓娘沒再說下去，微微撇過臉，搖了搖腦袋。「我在說些什麼傻話……」

突然，一塊新帕子出現在眼前，帕上連理枝相互交纏，枝葉淺暗交替，悱惻難言，像極了那難以說出口的心思。

她柔柔抬眼看他。

「我不是景王，妳也不是陸安歌，謹以白頭之約，兩不相棄，生當復來歸，死當長相思。」

暗沈沈的屋子裡，沒人出聲，咕嘟嘟的水煙味蔓延，幾位平日裡手握重兵的總兵俯瞰著沙盤圖，個個沈著臉，有的乾脆起身在屋裡來回踱步。

總督府一夜之間換了主，顧言這個名字從滅了王左桂的民兵起，就已經在這血色孤城中升起了狼煙。

現如今，就連盤踞在這延綏多年的付廷也連根拔起，關鍵一個付廷死了也就死了，還牽扯出前任總督陳思堯戰死的事，這事可就跟他們有關了。

要知道當年的糧餉，被王左桂那廝扣在了半路，一部分進了景王的口袋，另一部分他們可都有拿。

有人按捺不住道：「李總兵，這顧言殺不成嗎？」

「殺？」

李總兵立在沙盤旁，目光犀利。

「你以為他是付廷那個任人拿捏的窩囊廢嗎？現在鞑子就在家門外，誰敢去動手！」

幾位總兵心下都是一緊，一言不發。

又到了青黃不接鞑子來掃秋風的時候，這時候動手怕是人剛走，守鎮就能被城外那群狼崽踏平。

正在這時，一個士兵匆匆從外邊跑進來。

「報！總兵，暫領總督之職的顧大人要來調兵。」

「調兵？」

李總兵嘴裡琢磨著兩個字，負手盯著沙盤，話鋒一轉，瞇眼悠悠道：「顧言已經成氣候了，我們動不了手，但顧言要動手打鞑子，他若身死在關外，這就是另一回事了。」

「大人走了有多久了？」

蕓娘坐在窗邊梳妝，天邊雲層裡隱約能看見稀薄的光，穿堂風帶著些熱浪吹過鬢邊，這天氣一天比一天熱，從早開始就讓人有些犯睏。

梳頭侍女歪頭想了想，道：「回夫人，快著呢，都已經一個月了，眼瞅著都要到端午，再過上一個月，在我們老家稻花都該開了。」

一個月了。

蕓娘望著院子裡盛豔的石榴花，付廷落罪，全家跟隨他押解上京，顧言暫領總督之位，她也就住在這總督府裡，那幾日陸安歌的事塵埃落定後，顧言就帶兵出去打仗了，這一走轉眼就一個月了。

她起身翻了翻一旁的匣子，手下一頓，這才想到這幾日顧言的信還沒送回來，顧言每隔幾日會送回來一封簡短的報平安的信，算算日子，這幾天的也該到了。

蕓娘怔了下，以前顧言在身邊不覺得有什麼，突然分開了，這幾日又沒收到信，總覺得心裡空蕩蕩的，像缺了塊什麼。

「夫人，往年總督府都要辦端午宴的，您看咱們是不是把那些總兵夫人也叫過來辦個宴？」

侍女的聲音讓她回過神來。

「就按往年的辦。」

蕓娘淡淡道，她也沒多想，雖然自己不太喜歡應酬，但既然顧言暫領了總督的職，那她這個被迫上任的總督夫人就按照規矩辦。

但沒想到，這回卻與往常不同。

過了幾日，來到這端午宴當天，那些原本答應得好好的總兵夫人們卻是連個影兒都沒看到。

日頭漸起，影子斜打在門口的石獅上，原本總是門庭若市的總督府換了主後卻略顯冷清，侍女踮著腳站在大門邊，拉著門房問道：「可有客來？」

門房搖搖頭，等在門邊的侍女心中一沈，緊接著見一輛華貴的馬車從遠處駛來，她眼神亮起來，面露喜色地正要迎上去，卻見那馬車駛到跟前，一個丫鬟打扮的人探出頭來。

「我是黃總兵夫人的侍女，還請煩勞轉告夫人一聲，我家夫人突然有事不能來了，改日再上門賠罪。」

「誒，可不是說好的……」

侍女話還沒說完，那馬車又揚長而去，她心裡一慌，急忙提起裙子轉身跑回總督府。

「夫人，黃、黃總兵的夫人也不來了。」

蕓娘正打算朝宴客廳走，聽到這話，腳下一頓，回頭看向來人。「之前說的還有誰不來？」

侍女掰著手指頭道：「李總兵夫人說自己染病，王總兵夫人說要省親……」

蕓娘聽了一半，恍然大悟。

「那也就是說都不來了？」

侍女縮了縮脖子，一時噤了聲，低下頭不敢做言語，她覷著蕓娘臉色。「夫人，興許是巧了，她們真有什麼事呢……」

蕓娘一挑秀眉，想到之前初次見面時，那些總兵夫人對她就多是疏冷傲慢，想是從來沒將她放在眼裡，更別提付廷倒臺，這些總兵對顧言是又忌憚又提防，這些夫人自然不願與她多做交際。

「夫人，您別難過。」

侍女小心翼翼地道，卻見眼前的人臉上神色沒什麼變化，只輕快道：「沒事，我才不生氣。」

她還沒反應過來，只見這位年輕夫人臉上並無半點被人輕視甚至是玩弄的憤怒，反而如釋重負，眨了眨眼。

「正好，跟她們一起吃飯還更累人，今天備的飯菜別浪費，把東西裝一裝，咱們去城牆邊。」

侍女一怔，問道：「這幾天在打仗，城牆那邊亂糟糟的，士兵、難民什麼人都有，還盡是風沙，夫人去那裡做什麼？」

蕓娘邊挽起袖子，邊道：「這些飯菜都是好好的，給那些守城的將領和城牆底下的流民分了些，以後咱們每天都在府裡做些飯送過去，也算盡些力。」

侍女一怔，一時間沒想明白這位夫人到底是個什麼樣的性子，但似乎和她見過的那些躲在高牆之內的夫人不大一樣。

馬車駛到城牆底下，戰火蔓延，城外湧進無處可歸的流民，聚集在牆邊，蕓娘掀開簾子下了馬車，和眾人一起把食物給百姓分了下去。

轉過身，她左右手掂著滿滿當當的食盒爬上城牆階梯，遠遠看見那留下來守城的楊望。

「夫人。」

楊望上前行了抱拳禮，他並沒有跟著大軍上前線，而是留在延綏接應後方的支援和補給。

蕓娘笑了笑，把手裡的食盒遞了過去。

「給你們帶來些吃食，這幾日辛苦了。」

楊望一瞅，急忙要去接蕓娘手裡的食盒，本以為那幾個食盒輕輕的，結果意外的沈，差點脫了手，偏眼前人還笑咪咪的。

「我稍微裝多了些，不沈吧。」

說完，蕓娘踮著腳四處望了望。

「今天可有前線送回來的消息？」

楊望明白她的意思，搖搖頭，臉上露出一絲擔憂之色。

「我們也在等，斥候已經三天沒回來報信了。」

蕓娘一怔，向城牆上望去。「楊將軍，我能到城牆上看看嗎？」

楊望側身讓出一條路。

「自然是可以的。夫人請。」

蕓娘登上了城牆，一輪渾圓的落日，在遠處的長河上搖搖欲墜，再遠處看得到似有狼煙起，可再想看得清楚些，遠方的景象又被這北風吹散，融在大漠黃沙之中。

她裙邊被這獵獵西風吹起，這麼曠闊無垠的沙漠，一眼望去根本看不到顧言在哪裡。

忽然看見一個黑點快速地從天邊靠近，等到了近處才發現是一匹快馬，而馬上的人渾身是血，快到城門邊的時候竟直直栽了下去，有士兵快跑迎了出去，緊接著通報聲傳到城牆上來。

「報！兩日前大軍遭遇埋伏，主力傷亡超過兩千，雖後擊退重創敵部，但又遇沙塵暴，顧大人身負重傷，至今下落不明——」

城牆下臨時搭的屋棚裡，幾名士兵在外面輪流巡邏守衛，蕓娘只盯著桌子上斥候送回來的被血浸透的玉珮，一言不發。

上一次見這玉珮染血，還是那年顧言流放的時候。

她腦子裡嗡嗡作響，可混亂一片，也不知道在想些什麼。

她將顧言臨走前的每一句話、每一個動作，都在腦海中過了一遍，可就是沒有一句能對上現在這個狀況。

她也曾想過無數次顧言和她日後的情形，可唯獨沒想過顧言若戰死沙場，她該怎麼辦……

楊望回來時看到的就是這一幕，從昨天聽到消息起，這位顧夫人彷彿像個泥人一樣，一言不發地坐在這裡。

「怎麼樣？」

見他回來，她眼裡燃起一絲火光，可當見他低下頭搖了搖，那火光又滅了下去，她緊緊抓住桌角，身子前趨。

「那些總兵呢？」

楊望面色沈重，他知道她十分著急擔心，他聽到顧大人出了事心裡也著急，可這事牽扯得實在太多，不是輕易能解決的。

「他們不願調兵尋人。夫人，稍安勿躁，京城派人來報，裕王已經把戰況稟到兵部上奏給聖人，只待聖人下旨撥調軍隊，等援軍來就可。」

「等？得等多久？」

蕓娘不知道自己這話怎麼問出去的，只覺得半邊身子還聽著那聲音，但半邊身子卻僵得沒了知覺，彷彿在另一處。

「至少要半月。」

「半月？」

想到那漫天黃沙，蕓娘覺得眼前有些發黑，等上半個月再去尋人，怕是骨頭架子都被狼啃得一點都不剩了。

她腦子裡一時間亂糟糟的，手指死死扣住桌角，像是把所有力氣融進骨肉之中。

不行，她必須冷靜下來，得想個辦法，顧言不能死，他不能死，但究竟是為什麼不能死，是因為她自己，還是為了別的？內心的思緒似乎跟以往不大一樣，但此刻她沒有心思去探究個清楚，只覺得像個執念，她站起身來，把那玉珮攥在手裡。

「叫人備車。」

楊望一愣，只見她聲音出奇冷靜地說道——

「我記得聽人說過，五個守兵中勢力最大的是那李總兵對不對？」

「是，其餘幾人都以他馬首是瞻。」

蕓娘想到那日宴會之上，總督夫人與李總兵夫人稍顯親暱的模樣，問道：「楊將軍，李總兵和付廷之間有什麼瓜葛嗎？」

楊望略微思索了下，點點頭，但又搖了搖頭。

「顧大人一直懷疑那李總兵和上任總督陳思堯之死有關，想抓住些把柄，可這兩人沒有留下一些蛛絲馬跡，恰逢這戰事來得又急，大人還沒來得及深查就出征了。」

蕓娘聽後，點點頭，轉身就要走。

「好，我明白了，我們去找李總兵。」

楊望急急攔在她面前。

「夫人，沒用的。您不明白情況，大人出征之時，那群人就遲遲不肯出兵，現下大人有難，他們高興還來不及，怎麼可能出兵救人？」

「楊將軍，我明白。」

蕓娘聽到這話，面色沒變，只是逆光看向他的臉。

「可我總要試一試，這世上的事不做怎麼知道成不成呢？」

一輛馬車帶著漫天的塵土，在夜色中停了下來，門口的守衛上前一步，厲聲喝道：「你們是什麼人？」

趕車的是個魁梧漢子，他沈聲道：「監察使顧言顧大人的夫人。」

那守衛一聽，不屑地笑道：「什麼顧夫人王夫人的，沒聽過，還不快把車讓開別擋路……」

話音還沒落，只見那趕車的人走下來，簷下的燈照亮他身上的盔甲，眨眼間，他一腳踹在這守衛胸口。

守衛仰面倒在地上，還沒等守衛回過神來，一把明晃晃的刀就架在脖子上，面前人聲音在這寒風中讓人打寒顫。

「嘴巴放乾淨些，去通傳顧夫人來訪。」

說完收回刀，守衛面色一變，連滾帶爬地站起來，向裡面喊道：「來、來人啊，有人要闖總兵府，王參事，有人要闖總兵府。」

沒過多久，總兵府裡湧出好些人，一個領頭的想必就是那王參事，也是一身寒光凜凜的盔甲，手搭在腰側的劍上，挺著胸脯，老遠看到楊望道：「喲，我還當是誰呢？這不是楊將軍，怎麼當年打了敗仗後，給人當狗當慣了，跑這來撒野了。」

「那仗是不是敗仗我心裡清楚，用不著你在這裡冷嘲熱諷。」楊望冷著臉。「我家大人失蹤，容稟李總兵調兵救援。」

「聽聽，誒，聽聽。」

王參事彷彿聽到了個笑話一樣，四周士兵哄然大笑，一時間火光中映著幾人的嘴臉。

「楊望，你家大人出了事，尋我們李總兵做什麼？」

「我家大人是為了守住邊關百姓才出征的，是你們遲遲不肯調兵……」

王參事眉毛一揚，聲調高了幾分。「喏，楊將軍的意思是怪我們家總兵大人咯。」

楊望咬了咬牙，話在舌尖打了幾轉，終於嚥下去，咬著牙根道：「不是。」

他看著這些堵在門邊的人，緩緩低下頭。「還望通傳李大人，讓我們見一面。」

王參事昂著腦袋，掃了一眼他身後的馬車，冷笑一聲。

「楊望，你當年多神氣，哥幾個都在你手下當過兵，當年若不是你和那陳思堯執意要出兵，咱們那些兄弟不會死。」

楊望似想起了些什麼，握緊刀柄，臉色憋得青紫，盯著他道：「那是沒辦法，不是陳大人的錯，那仗都要打贏了，是、是……」

「行了，我也不想聽了。」王參事揚起腦袋，撣了撣袖口，往地下啐了口唾沫。「楊望，你今日要見李總兵大人一面也行，你跪在我面前，磕三個頭，我就給你去稟李大人。」

「你！」

楊望死死盯著他，眼裡有著怒火，可還是咬牙忍住。

王參事走近了些，死死地盯著楊望。

「楊將軍，那麼多兄弟的命，只磕三個頭便宜你了，跪不跪？不跪我可就走了。」

說著，他轉身真就要走，楊望把身上的刀往身下土裡一插，撩起袍子，雙腿剛要挨著地，卻被一隻手硬生生撈住。

「慢著！」

王參事腳下一頓，一個女聲在身後響起。

「對，就說你呢。」

眾人都是一愣，只見一個戴帷帽的女子站在身旁，楊望看了她一眼。

「顧夫人，不能耽誤了，我們得見到李總兵。」

王參事嘴角露出一絲冷笑，看了看這女人，應該是顧言的妻子，一個女人，能翻出多大的浪花來？

可他剛一轉身，才邁開步子，卻發現腳下動不了，回頭一看，是那個女人一隻手抓住了他的衣領，所有人都始料未及。

「我說叫你不要走，你是沒聽見嗎？」

刀刃一伸便架在那參事脖子上，暈出些紅血絲，那參事變了臉色，看向兩人。

「楊將軍，你們想做什麼？」

蕓娘神色不變，冷冷道：「不想做什麼，參事是總兵大人的心腹吧，見一面大人總可以吧。」

說完，她掃過周圍的人。

「你們誰去報一下，顧言之妻陸雲求見李總兵。」

李總兵在書房聽到人來報的時候，還以為自己聽錯了，可真看見那人把刀架在自己參事的脖子上，走出門外的時候還是大吃了一驚，先不論一個女子能拖著個百十來斤的漢子像扯麻袋一樣地輕易往前走，再說一位官宦人家的夫人竟然敢帶兵進駐守邊鎮總兵的府邸，這真說不上來是膽子大，還是不要命了。

「這位顧夫人，妳是什麼意思？」

「李總兵，我夫君顧言現在在漠北失蹤，還請調兵前去尋人。」

「顧夫人這話說的，不是我李某不調兵，實在是這調兵遠比妳想得複雜，得聖人下旨、兵部文書，再到其他總兵都同意，這才能行，不是誰想動就能動的。」

蕓娘心裡冷笑，這話若是沒經歷付廷那遭事，她也就信了，連付廷手裡都有隨時可以調的兵，這些人手裡會沒有？這陝北天高皇帝遠，他們可以在這裡守這麼多年，不就靠著擁兵自重？

「李總兵，你可知付廷那夜被抓時，供出來不少東西。」

李總兵一怔，之前聽他內人說顧言懼內，他還不信，沒想到顧言連這些都跟她說了。

蕓娘嘴角勾起個笑，卻泛著些冷意。

「你可能不知道，我家相公從來都不瞞著我做事，相反，重要的東西都在我這兒。」

「顧夫人，妳什麼意思？」

「我沒什麼意思，李總兵。」蕓娘笑了笑。

「妳手裡有什麼東西？」李總兵抬起眼，犀利地看向她，手上微微一動，一群人出來把蕓娘和楊望團團圍住。

「付廷和王左桂的信、軍糧，再多我也不能說了。」

「顧言為什麼之前不來找我？」

「來找你，李總兵你會調兵嗎？還是殺人滅口呢？我家相公臨走前特地交代我留了一封信，上頭寫的東西原本是想著讓我可以回京城的，不過現在我更想用來救人。」

蕓娘四下掃了眼，李總兵聽到這，手摁在桌面，四周的狀況一觸即發。

「誒，不過李總兵，你別著急，我出來前已經託人把信送到了驛站，若是我沒回去，這信便會連夜送到京城國公府，不用多久就能到聖人的案頭上。」蕓娘緩緩道。「啊，還有，李總兵，現任御史臺大人崔曙崔大人是我相公的恩師，御史臺你知道吧？若是十分罪也會落個滿門抄斬，就算是神仙來了，也不及他們的摺子快。」

李總兵聽到這兒，抬眼看向蕓娘。

「顧夫人倒是有幾分膽色。」

蕓娘笑了笑，她直視眼前人，一點都不見退縮。

「李總兵不知道，我是窮苦出身，這輩子就指望我相公呢，我相公不能死。」

李總兵臉色沈如水。「那我怎麼相信妳？」

「李總兵說笑了，我家相公還生死未卜，我若是這時候弄得魚死網破，對我有什麼好處？」

李總兵看了她一眼，左右踱步兩下，終於抬起頭，死死盯著她。

「顧夫人，我撥給你們三百精兵，都是熟悉那漠北地形的，你們自己去找，尋不尋得到各聽天命。」

蕓娘把手裡的人往前一推，那彪形大漢倒在地上，神色不變。

「好。」

夜色初起，一行人進總兵府的時候被人注視著，出來時也被人注視著，不過這回的目光裡多了些不一樣的東西。

總兵府的後院裡，那總兵夫人聽到了發生的事，也是嘖嘖稱奇，為救相公獨闖總兵府，這顧夫人也太慓悍了些，想到那日宴會上她力氣大得驚人，又想到前幾日自己還聯合那幾個夫人戲弄她，故意不去赴端午宴，心裡不由地直跳，她好像得罪了個不該得罪的人……

與此同時，蕓娘同楊望站在馬前，楊望拱了拱手。

「夫人，我這就去帶人找大人，妳且先回府裡等著。」

可正要上馬，蕓娘卻把轡繩拉住。

「楊將軍，你必須把延綏守住，若是連你也走了，延綏就真的放人眼皮底下任人拿捏了。」

「可……」

楊望皺起眉，現下手頭上沒有信得過的人了。

「我去。」

他怔了下，猛地抬起頭，只見面前的女子俐落地翻身上馬。

「夫人，這怎麼可以？」

「可以，我把近衛和精兵帶上，趁夜色出發。」

可她到底是個沒受過訓練的女子，沙場無眼，輕易就會命喪黃泉，楊望張口還想勸，但馬上的人只是看了他一眼。

「楊將軍，也許我不是最好的士兵，但我比任何一個人都想找到顧言。」

楊望一怔，所有的話噤到了嗓子眼裡，他說不出什麼來，只見那馬上的女子望著這城牆外的長夜，堅毅道——

「是生是死，我都一定帶著顧言一起回來。」

沙漠深處，夕陽將地平線染成血色，一場搏命的廝殺正接近尾聲。

層層疊疊的屍首中，顧言把劍從敵軍腹中拔出來，溫熱鮮血濺到臉上，順著削瘦的下巴，滴落到盔甲上，盔甲被血染得暗紅，已經看不出原來顏色。

濃烈血腥味散開，敵軍屍體很快覆上一層黃沙，還活著的人朝著歪歪斜斜的旗桿逐漸聚攏。

一個渾身是血的人站了起來，四下一看，砰一聲跪在顧言面前，泣不成聲。

「大人，末將是罪人，要不是我莽撞中了埋伏，也不至於死了這麼多兄弟，還連累大人以身犯險……我、我也沒臉活著了。」

說完，他就要用匕首抹向自己的脖頸，就在這時，一隻手突然握住了他的刀柄，聲音冷冷順著風傳來。

「戰事失誤，回去自有軍法處置。」

面對著這兩日來的死裡逃生，和眼前這望不到方向的大漠，男人也有些繃不住了，他看著面前的人，用一種幾乎要哭出來的語氣道：「大人，我們真的還能回去嗎？」

顧言只看了他一眼，沒說什麼，只聽四周慘淡的聲音漸起——

「我想回家，我妻子才剛生了孩子。」

「是啊，我自參兵以來已經七、八年沒回過鄉了，連封家書都沒留，真想回去再看眼爹娘。」

這些話讓整個隊伍都籠罩在一片灰暗和絕望之中，顧言想到了家中的那個嬌小身影，也微微垂下眼。

這時，一個士兵似從屍體中翻到什麼東西，舉起來對顧言道：「大人，從這些追兵身上搜到一封羊皮紙，上面有些韃子的字，不知是何意。」

「拿過來。」

士兵小跑到顧言面前將東西遞給他，他展開羊皮紙，低頭掃過整面的韃語，風吹過他臉側，血跡乾涸在臉上，讓人有幾分膽寒。

「大人……」跪在地上的將領小心翼翼的喚了一聲。

「朝東走。」顧言將手裡的羊皮紙一合，淡淡道。

東？那將領心裡一緊，急忙勸道：「大人，不要再走了，這地形再往東就靠近韃子的地盤了，而且東邊深入大漠腹地，極易迷失方向，不如先想辦法和主力會合……」

顧言表情沒有波動，翻身上馬，望著遠處的方向。

「有人洩漏軍情，他們的部隊從東面分兵打算包圍主力。」

將領變了臉色。

「大、大人的意思是韃子在軍中安插了內奸？」

說到此，他才覺得此次伏擊格外巧合，本就是分兵而戰，敵軍怎麼知道哪塊薄弱，又恰好知道主將所在方位呢？這不就是衝著眼前這位顧大人來的？

想到這兒，他後背一陣寒意竄上來，抬眼道：「我明白了，大人的打算是將計就計，半路伏擊截斷他們的後路，可……」

他們剛經歷了一場惡戰，精疲力竭，而且他們現在也只有不到千人，要是遇上了敵軍的主力，那就是全軍覆沒了。

猶豫中，清凜的聲音在黑夜裡響起——

「要想有命回去，就聽我的。」

夜幕降臨，白天裡燥熱的沙漠氣溫驟降，放眼望去，一片死寂。

「夫人，我們接到探子回報，大人就是在這一帶失蹤的，可這都找了四、五天了，毫無眉目，還要繼續找下去嗎？」

紮營的篝火旁，侍衛對獨坐在那兒領頭的人匯報道。

那領頭的人竟然是個女子，她把頭髮高高束起，露出光潔的額頭，火光映在她臉上，圓臉消瘦了幾分，能看出個尖尖的下巴。

她良久沒有說話，大大的眼睛望著那火苗，好一會兒了，只嘶啞著嗓子堅定的重複道：

「找。」

夜已深，蕓娘躺在帳篷裡，捏著手裡的玉珮，一言不發。

這幾日順著顧言走過的路徑反覆尋找，就是沒見到人，他們會去哪裡呢？

前世也沒聽過顧言在西北出事，莫非她的出現改變了顧言的經歷？

也許，也許她本就不該嫁給他……這是頭一次蕓娘突然有了這種念頭，可一有這念頭，她就覺得自己心裡抽著疼，不禁攥緊了手中的玉珮。

這時，一陣急促的馬蹄聲在帳外響起，緊接著聽到人聲——

「有敵情，快，別出聲，快把火滅了。」

蕓娘霍然站了起來，鑽出營帳，有人慌慌張張來報。「夫人，巡邏的說在不遠處遇到一小隊敵軍，咱們得趕緊走避免交戰。」

蕓娘聽到這話，向遠處望了一眼。

「我們軍隊的主力就駐紮在那邊嗎？」

「是，再往那邊走就是最近的邊境鎮子。」

蕓娘皺起眉頭，此次戰役，為保護關內百姓，顧言連命都豁出去了，不能讓這些敵軍夜襲得手。

「那小隊有多少人？」

「不確定，但不超過五百人。」

「派出一名探子將消息傳遞出去，我們弄出點動靜，牽制住這支小隊。」

那士兵心裡一驚，這是做什麼？這夫人當初去調兵只說是尋人，並沒說要打仗啊！

可蕓娘已經轉過身，走到那堆放武器的地方，彎下腰挑出一把大刀，不知為何，她身材嬌小，拿著這把兵器初看有些違和，可她拿刀的姿勢卻又異常熟練。

那士兵嚥了嚥口水，小心翼翼問道：「夫、夫人，您習過武殺過人？」

蕓娘搖搖頭，手持大刀道：「我沒殺過人。」

那人剛鬆了口氣，只見她輕輕鬆鬆單手提著那刀，在空中劃了下。

「我以前是殺豬的，專宰畜牲。」

另一邊，夜幕之下，一隊韃靼的小軍得到情報，對方統帥已經失蹤，他們正想趁著夜色突襲一番，可就在他們正要靠近的時候，突然有喊殺動靜傳來，衝鋒嘶吼聲震天。

那帶隊的韃子心裡一慌，急忙調轉馬頭方向，可剛轉個頭，就見前面奔跑中的馬似被什麼齊齊絆了腿，人從傾斜的馬背栽了下來，滾進沙丘裡。

緊接著不知從哪裡衝出來上百人，還沒待看清楚來人，後面的人就又衝上來，一時間隊伍被衝散，又是黑夜裡，根本分不清攻來的有多少人。
有人用韃語喊了一聲，隊伍四散而逃。
「有埋伏！」
短暫激戰過後，火把亮起來，「唰唰」幾把雪亮的刀就架在剩下的韃子脖子上，而站在隊伍領頭的竟是名年輕女子。
那帶隊的韃子還想跑，被蕓娘用刀柄直接抽到地上，他伏在沙堆裡，額頭上冒著冷汗，心裡起了幾分恐懼，這女子是什麼怪力，心裡一急，連忙用蹩腳的官話大喊：「別殺我，別殺我，我只不過是個小兵，我知道最重要的人在哪裡。」
蕓娘皺起眉頭，問道：「什麼重要的人？」
「就那個指揮的人，那個投靠我們，說是曾經在你們皇帝身邊做過官的道士。」
「道士？」
蕓娘心裡一驚，不過是伏擊了一支韃靼小隊，怎麼還和宮裡什麼道士牽連起來了？她皺起眉頭，向著那人問道：「那道士在哪，身邊有多少人？」
「不多，也就幾百人。」
那現下對上也是有勝算的，蕓娘盤算了下，這事似乎比她想得複雜，不能就這麼往回走，怕是要出大事。她對四下士兵道：「我們先去看看他們身後的人，看能不能擋住他們，等到援軍到來。」

「可現在不是要找大人嗎？再說我們人數不多，萬一……」

「不必說了。」蕓娘面色一沈，掃了一眼周圍的將士，冷靜道：「若是今日顧言在這裡，他也會這麼做。」

說完，她把刀鋒壓在俘虜脖子上，清脆的話音裡帶著絲冷意——

「帶路！若你敢有半句假話，我便要了你的命。」

第十九章

大漠深處，一隊人伏在沙丘之中，若不仔細看，他們幾乎與這黃沙融為一體。

他們屏住呼吸，緊緊盯著遠處的一隊人走近，待到經過時，人從黃沙中衝出來，對方馬上領頭人一怔，沒想到會在這兒遇到人。

可這些人雖然伏擊得巧妙，但兩隊人數量差距大，伏擊的小隊人馬轉瞬間被打得七零八落，剩下的人倉皇而逃，局勢逆轉，被伏擊的轉而追擊在後。

當來到一處沙坡處，領頭的人停下，只見前面停著一隊人，馬上人看見前面的人，不無傲慢地抬起頭。

「你膽子倒是大啊，這麼點人還想搞伏擊。」

顧言沒說話，只是動了動手，只見沙丘坡頂出現了一群如鬼魅般的影子，漫天的箭雨落下，那人變了臉色，知道是中了埋伏，帶著人掉頭想跑，可轉眼見後面也來了人，斬馬刀齊刷刷切斷馬腿，激起黃沙陣陣，騎兵摔下馬來，原本優劣勢一瞬間又顛倒了過來。

領頭人把刀從士兵胸口拔出來，轉身就想跑，可被人一腳踹在後背，他雙腿一軟栽進黃沙裡，再被人拉起來，拖著向後走，他剛想跑，一個士兵扭住他，把刀尖抵在咽喉處。

顧言走近，打量著面前人的臉，語氣冰冷。「是你。」

那人似有些心虛，眼神四下瞟著。「顧大人，記錯人了吧。」

「當年撞你車的時候，我可是把你這張臉記得一清二楚，邵元道長。」

邵元心下一慌，那刀光劃過眼皮，眼看刀尖就要落下之時，突然聽見遠處有人大喊一聲——

「不好！快跑，沙塵暴要來了。」

那士兵只是一晃神，手裡的人就搶過刀一把捅向他腹部，轉身就跑走。

顧言剛追上沒幾步，漫天的黃沙撲面而來，迷住眼睛，讓人前進不得，這時，只聽一個聲音遠遠地響起——

「顧言！」

他以為自己是出現了幻覺，可一抬眼，遠遠看見一個人影朝他跑過來，心裡一凜。

蕓娘看到顧言的身影時，還以為是自己眼花了，他們一行人走到附近，聽到廝殺聲，她心下懷疑難不成是遇上什麼軍隊了，不可能啊，他們一路追到東邊來的，這地方已深入敵方腹地，怎麼還會有人？

她抱著姑且一試的想法尋過來，當看清人影的時候，只覺得心都跳到了嗓子眼，心裡只有一個念頭——她要過去，去到他身邊！

可她剛下馬走沒幾步，只聽一聲大喊——

「蕓娘趴下！」

她還沒有來得及做出任何反應，回過頭，風從地面捲起大量沙塵，曙光裡的白天變成了黑夜，百公尺高的黃色沙牆迎面而來，似乎是暴怒的洶潮，下一刻就要吞噬掉周圍的一切，所有人四散奔逃。

就在這時大漠戈壁上一個影子飛快地逆行衝過來，在那黃沙迎來之時，黑暗來臨前，將她緊緊護在懷裡。

不知過了多久，漫天的黃沙慢慢消散，沙漠裡變得安靜，灼熱的高溫將沙子烘烤得滾燙。

蕓娘總覺得自己像作了個夢，這個夢又長又沈悶，熱浪陣陣襲來，但在這熱浪中不時有一縷涼意拂過她的臉頰，輕輕地呼喚著她的名字。

「蕓娘，蕓娘。」

她猛地睜開眼，便看見了顧言的臉，想到最後沙塵暴襲來的場景，她坐起來，撲進他的懷裡，顧言悶哼一聲，蕓娘這才注意到他原本白皙的臉上更不見血色了。

掃過附近倒地的幾具韃子屍體，她匆匆在他身上摸索道：「還好嗎？是哪裡受傷了嗎？」

顧言挑了挑眉，鬆開了手，露出腹部一道狹長的傷口，傷口皮肉外翻，鮮血淋漓，蕓娘心裡一驚，低頭從自己的裙襬下緣撕了一條布，細細給他包紮起來。

顧言看著她手上靈巧地擺弄著布條，臉上卻是一片焦急擔憂，他伸出手握住她的手，安撫道：「沒事。」

蕓娘按住傷口，紅了眼嘟囔道：「沒事，什麼沒事。」

耳邊那人抽了口涼氣「嘶」了下，輕輕道：「蕓娘，妳聽我說。」

蕓娘聞言抬眼看向他。

顧言笑了笑，如記憶中少年的明豔模樣，他對她道：「別管我，妳先走……」

「我不走！」

蕓娘搖搖頭，死死抓住他的胳膊，她當初救了顧言後一心只想發財，直到現在，真到了這麼個生死關頭，可以拋下顧言獨活的時候，心裡卻一點輕鬆的感覺都沒有，只要想像以後她便是一個人了，顧言不會在她身旁了，一陣難言的恐慌便襲來。

她咬咬唇重複道：「我不走。」

「蕓娘！」

顧言從沒用這般嚴厲語氣同她說過話，蕓娘怔了下，他指節輕撫過她眼底。

「別哭，剛水都給妳喝完了，再哭一會兒妳會更渴。」

蕓娘饗動地抽了抽鼻子。

他輕笑一聲，像是熱風吹過的沙子，嘶啞道：「我受傷不輕，妳我若是一起，怕是走不出這沙漠，妳一個人趁著白日時走，回來再找我好不好，我就在這裡等妳。」

說什麼等，不就是讓她不要難受地一個人走，到這個時候了，他想的還是她，蕓娘終於忍不住，撲在他身上。

「都怪我，顧言，都怪我。」

「怎麼會怪妳？」

他話音依舊是輕輕的，修長的手指摩挲過她的髮梢。

「生死之際，妳來救我，我很高興。」

蕓娘搖搖頭，心裡愧疚感更甚。

「不是的，當初我就不該讓你簽婚書，不該同你去京城，這樣你也不會來西北遇險，都怪我，怪我重生後貪心，害了你……」

顧言聽到這話，只是眉頭一擰，沒說什麼，倒是蕓娘抽了抽鼻子，一抹眼淚，咬了咬唇，用力撐起身子，扶起他的手架在自己的脖子上。

顧言看了眼她。「妳……」

蕓娘望向面前的茫茫大漠，想起兩人成親一路走來的點點滴滴，從沒有一個人這麼誇她厲害，也沒有一個人這麼護著她，心裡已有堅定的信念。

蕓娘轉過頭，堅持地對他道：「我能把你帶出去，顧言，你信我嗎？」

顧言看著眼前女子瞪圓烏黑的眼睛，清澈明亮，似能穿透這風沙，照亮人間。

他頓了下，微微瞇了下眼，輕輕一笑，素淡乾淨，眼下那淚痣在日光下熠熠生輝。

「蕓娘，自妳把我從雪地救起時，我這條命便是妳的了。」

白日裡黃沙漫天，入夜後，從太陽落山那刻起，氣溫驟降，兩人站在一處沙丘上，望著遠處落日逐漸隱沒在長河之中，夜色朦朧起來。

蕓娘靠在岩石後，在顧言的指導下生起一堆微弱的篝火，照亮這荒漠裡的漫長黑夜。

夜風吹過，風裡帶著滲人的寒意，水壺裡的水只剩了個底，蕓娘將水壺遞給顧言，顧言臉色蒼白地搖搖頭，傍晚時顧言因著傷口起了高熱，此時高熱雖然降了些，他蹙起眉頭，似乎仍是不大舒服。

她用帕子拭過他臉上的汗，他猛然伸手抓住了她的手，他的手有些冷，剛挨著的時候，冷得蕓娘都跟著打了個哆嗦。

像是在確認什麼，他出聲道：「蕓娘？」

蕓娘急忙道：「我在。」

顧言沒有再說什麼，擰著的眉頭鬆了些，他的腦袋昏沈起來，大概是有些意識，但意識並不清楚。

蕓娘乾脆坐在地上，一把摟住顧言的腰，頭靠在他的胸膛上，想將她的體溫傳遞到他的身體裡，過了一會兒，她的手又摸到了他的臉上，雖然有些溫度，但身體卻依舊很冷。

耳邊是風聲，在這沙漠不斷回響，遠處一片漆黑，似乎有什麼在低語，蕓娘把顧言摟緊了些，仰頭望著夜空，滿天繁星閃爍。

突然，蕓娘有些釋然，她想若是她和顧言一起死在這裡，那也不差，起碼兩個人在一起也不會孤單了。

就這麼想著，她迷糊間睡著了，不知過了多長時間，夢裡隱約聽見了駝鈴的聲音，那聲音竟然越來越清晰起來，她猛然驚醒，這才意識到自己不是在作夢。

遠處，一縷晨曦從地平線上升起，天邊漸漸泛起些青色，有響鈴聲和馬的嘶鳴聲傳來。

蕓娘連忙站起來，看見了迎風飄起的龍旗，興奮地揮舞著手臂大聲喊道：「這兒，我們在這兒！」

夕陽西下，蕓娘正坐在帳篷裡喝著熱騰騰的奶茶，帳子被掀開，只見李三郎頭探了進來，蕓娘急忙放下手裡的杯子，起身道：「顧言醒了嗎？」

「早醒了，在商議軍情。」

李三郎瞇起眼，上下打量著她。

「我聽人說妳孤身一人帶兵到關外找人，膽子可真大。」

蕓娘揚起頭，眼神清亮。

「是，旁人不幫我找顧言，我就自己找，凡事等那些人來幫我，怕是人死了才聽到哭聲呢。」

「這話聽著順耳，倒是有幾分骨氣。」李三郎放下簾子，一揚下巴。「走吧，顧言尋妳過去。」

蕓娘隨著李三郎進了大帳，掀開帳簾，只見裡面所有的將領齊刷刷地都在看她，顧言臉色蒼白站在沙盤前朝她伸出了手。

蕓娘急忙快走兩步，上前握住他的手，關切道：「傷口怎麼樣，沒事吧？」

顧言臉色微霽，輕聲道：「敷上藥膏，包紮一下就好了。」

蕓娘瞥見他腰腹包紮的地方，蹙起眉頭，眼裡滿是擔心。

「咳咳！」

李三郎在一旁看不下去了，清咳兩聲。

蕓娘瞥了眼李三郎，努了努嘴，顧言斂起神色，拉著她的手，指著沙盤問道：「蕓娘，妳來時可是遇到了另一隊人，妳還記得具體方位嗎？」

蕓娘點點頭，掃了眼這沙盤，憑藉記憶道：「是這裡，大概是這裡。」

一時間四周鴉雀無聲，蕓娘抬頭望去，卻見眾將目光灼灼地望著自己。

蕓娘不知道自己做了什麼，怯生生地拉了拉顧言袖口，問道：「怎麼了？」

顧言拉住她的手，解釋道：「很好，蕓娘，妳消滅了韃靼一隊的斥候，讓他們失去了消息來源。」

「合該老天爺都在幫我們！」李三郎把桌子一拍。「顧言，這還等什麼，你說一聲，我手下的士兵都聽你的，要不要動手？」

顧言看了眼沙盤，負手望向營帳外西北的天，眼裡有絲化不開的寒意。

「打。」

日頭西沈，唯餘漫天血色雲霞，像一團火焰過了極盛便開始走向衰沈。

幾位總兵坐在屋子裡，其中一人來回走動不定，轉眼有半個月了，前線派出去的人毫無音信捎回，有人忍不住打破沈默。

「李總兵，要我說這就是全軍覆沒了，顧言死了，還等什麼，直接上報給朝廷不就完了？」

李總兵眉頭緊皺，如鶻鷹的眼睛此時微瞇，有一絲精光透出，他望著天邊，按理說顧言出兵這麼久沒有音訊，軍裡也沒有信報傳來，那必然是戰敗，他大可以一封摺子上報朝廷把責任都推到顧言身上，說他帶兵不力、戰死邊關，可這麼多年的沙場生涯，總讓他覺得這安靜中哪裡不太對勁，是哪兒呢？

「總兵，別再猶豫了，王爺那邊要動手了，錯過了這次從龍之功，你我就得一輩子待在這偏隅之地。」

這話戳進了李總兵心裡，他在這邊關從一個意氣風發的青年熬到了現在鬍鬚荏苒，人生能有幾個十年，他耗不起了，即便是賭，他也要賭一把。

他對著外頭喊一聲。「來人！」

只是話音剛落，就見一個士兵匆匆忙忙跑來，單膝跪在地上。

「總、總兵！大軍壓到城邊了，足足有三、四萬人。」

「胡說些什麼?!」有人起來喝斥道：「整個延綏加起來的守兵都沒有那麼多。」

「是、是李三郎帶著兵部的援兵，從黃河河道繞到境內，直驅關外支援。」

聽到這裡，李總兵心裡一涼，冷峻的眉峰瞬間壓了下來，他抓住身邊的一個士兵道：

「快，快馬去甘肅報信，跟王爺說計劃有變，萬萬不能出兵汴京。」

那士兵連忙應了一聲，轉身就衝出去，可就在衝到院子的時候，一支箭矢破空而來，正中他的額頭，那人膝蓋一軟，撲通一聲跪在了地上。

大門轟然被打開，一隊手持火把的士兵衝了進來，將昏暗的天空照得大亮。門口帶頭的人臉色蒼白，身材頎長，像是從地獄裡走出來的閻王爺，他冷冷掃過屋子裡的人，朗聲道——

「今西北鎮中總兵李光弼、甘茂、王虎賁，囤兵積糧，擾亂朝政，意圖造反，就地拿下。」

其中一位總兵起身，一掌拍在桌面上。「顧言，你血口噴人！怎敢不經三司就定罪，我要遞奏摺，我要面聖！我……」

話音還沒落，一把刀便抹了他脖子，他動了動舌頭，只見一團血水從嘴裡滾動，整個人向前伏去，這叱吒邊境這麼多年的總兵說沒就沒了。

只見李三郎不知什麼時候站在人身後，提著滴血的刀，那張黑臉上帶著些輕蔑的笑。

「三司？你們這些老傢伙在這裡作威作福，為了自己利益死活不出兵的時候，可曾想過朝廷？快死了還要喊著讓朝廷做主，當真安穩日子過多了，忘記死字怎麼寫了。」

李總兵身子晃晃悠悠，踉蹌癱坐到身後的太師椅上，他看向燈火裡的人。

「我是真沒想到，你還能活著。」

顧言緩緩走近，微微一笑。

「這還得多謝李總兵。」

李總兵一怔，不解地抬眼看向他。

「若不是李總兵給我夫人那三百兵士尋人，我顧言就真死在荒漠了。」

李總兵想到那夜闖入府裡的年輕女子。

誰能想得到呢？他懊惱的閉上眼。

而此時蕓娘坐在馬車裡，外頭喧鬧一片，有那士兵從總兵府裡進進出出，車外響起哭聲。

「顧夫人，顧夫人，讓我見您一面，說些話。」

蕓娘挑了下眉，微微拉開窗簾，只見那見過的總兵夫人抹著眼淚，站在路邊，而車外的丫鬟冷冷道：「李總兵夫人，當初我們家夫人邀您過宴的時候，您可不是這麼說的。」

那總兵夫人被人攙扶著抹帕子，連聲道：「我糊塗，糊塗啊！」

若是早知這位顧夫人有如此能耐，這顧大人最後真的能活著回來，她當時定不會如此輕視她，還唆使幾位總兵夫人一起孤立她，到現在求人都沒法開口。

可現在看著府裡的人一一被押上車，士兵們將東西一樣一樣搬出總兵府，她心下也顧不得那麼多了，撲到車前哀切道：「顧夫人，就看在我們家老爺最後給您兵去尋顧大人的分上，還請網開一面啊。」

一陣微風拂來，車簾掀開，一個清脆的女聲從簾縫中傳了出來，帶著一絲莫名的寒意。

「怕是夫人誤會了，那些兵也是當日我拿命搏來的，況且，當時總兵大人說得清楚，兵給了我，生死莫論，也就再與他沒有瓜葛，這會兒夫人要挾恩圖報，可不大合適吧。」

李總兵夫人聽到這裡，心下一涼，還想再說些什麼，那人已把簾子放下，吩咐馬車上路，她哭著向前奔了兩步，被人拉住胳膊，只能撲倒在地。

蕓娘坐在馬車裡，聽著那哭嚎聲漸遠，面上不動聲色，她已經看過太多眼淚，無論在哪裡，似乎出事的時候這些夫人們也只剩下這些眼淚。

馬車駛回到總督府，到了深夜，顧言才從外面回來，蕓娘本來都睡著了，聽見門外有動靜，趿著鞋子下了床。

「怎麼還沒睡？」

顧言見她迷濛著眼，語氣都放軟了些。他把外衣解開，正要去取藥匣，卻見蕓娘快他一步站了起來，將桌上的藥匣拿了過來。

「我幫你換。」

顧言目光落在她的身上，手一頓，微微垂下眼。

「傷口可怖，別嚇著妳。」

「讓我看看，不然我不放心。」

蕓娘蹙眉，在他身邊坐下，顧言一揚眉，稍稍拉開衣襟，將繃帶解開來，蕓娘這才見到他身上的傷口，從腹眼到後背，觸目驚心。
蕓娘的指尖輕輕觸摸，又蜷縮起來，只覺得眼底熱呼呼的，耳邊響起一聲嘆息。
「怎麼又哭了，我就說了不讓妳看。」
蕓娘一抹臉，扭過頭去。
「誰哭了，我才沒哭。」
突然下巴被人抬起來，蕓娘只覺得臉上冰冰涼涼的，他手指劃過她的臉側，那雙平素裡清亮的眼裡帶著些琢磨不透的情緒，輕聲問：「蕓娘，妳那時說的重生是什麼意思？」
「我……」
蕓娘一怔，看向眼前人，只覺得夜色朦朧，心跳得飛快。
「這事說來話長……」
蕓娘心裡瞬間劃過種種念頭，可一想兩人都同經歷過生死，還有什麼說不出口的？她看了眼顧言，在他面前的椅子上坐下來，緩緩開口道：「其實，我活過一世。」
顧言挑了挑眉看向她，目光炯炯。
有些話開了頭，剩下的彷彿也沒那麼難講了，蕓娘緊張地吞嚥著乾沫子，索性心一橫，把話說出來。
「我死時是建元六年，當我醒過來時又回到建元二年。」

她說完有些忐忑，覷著顧言的臉色，生怕她說的這話被他當成是精怪，可顧言只幽幽看著她，似乎在思忖什麼。

雲娘頓了一下，繼續緩緩講述自己前世的記憶——

「上一世，陸家的人來找過我，我當時貪圖富貴就回到了陸家，誰知陸安歌在國公府壽宴設局，讓我身敗名裂，之後我便被陸家關進了別莊，這一關數年，一直到染病身亡。」

顧言半天沒出聲，面上表情也捉摸不定，雲娘以為他不信，扒住他的手臂，急忙道：「是真的，我說的都是真話，我真的活過一世，我還知道你後來位極人臣，當了首輔呢。」

顧言指節清脆地在桌面上敲了敲，一下下地像是叩在人心上。

「那妳我相遇是妳有意而為了？」

一時之間，雲娘白了臉，緩緩鬆開了他的手。

顧言就那麼直勾勾看著她，她微微垂下頭，咬了咬唇，緩緩道：「是。」

說完，她不敢抬頭去看他的眼睛，生怕看到了厭惡和鄙夷，不知怎麼，明明前世經歷過旁人的百般鄙夷她都能接受，可唯獨一想到瞧不起她的人是顧言，心裡便難受得不行。

話落，滿室又陷入寂靜之中，對面人淡聲道：「雲娘，妳我上一世相識嗎？」

雲娘自嘲一笑，頗有些破罐子破摔地乾脆道：「怎麼可能相識，你是當朝首輔大人，而我一直被軟禁在陸家偏僻的別莊裡，我哪有機緣能認識你？」

她想到了上元夜裡他站在城牆之上俯視眾生的模樣，她到現在才明白，那不是一牆之隔，那是隔了一條無法逾越的鴻溝，縱使她努力地踮起腳，仰起頭，卻也只能呆呆看著他，說到底，他們本不該有交集的。

初夏時節，有飛蟲尋著光亮飛進來，衝著燭火就去了，蕓娘抬眼看著那飛蟲撲向燈罩外，一下又一下，飛蟲的翅膀拍打發出輕微的嗡嗡聲響起在屋裡，一時間看入了神，彷彿那飛蟲就是她自己，衝著那團光亮就飛過去了，最終什麼都沒落下。

蕓娘喃喃開口。「我原想救了你後，等你發達了，我就走，不耽誤你的前程，可誰知、誰知……」

誰知一拖再拖，兩人之間也糾纏不清起來，到現在她已經分不清自己的心意。

「蕓娘。」

顧言突然出聲打斷她，她抬眼，只見他衣襟微散，身子向後靠著，手枕臉頰，就那麼在燈下望著她。

「若真如妳所說，妳那時在大漠裡怎麼不走呢？」

「我、我……」

蕓娘回望著他的眼，想到兩人在荒漠中的林林總總，這會兒再否認任何事，都顯得有些心虛遮掩。

她心跳得飛快，臉紅得要滴出血來，剛那些坦白的勇氣一下子像是煙消雲散，慌慌張張要站起身來，扭過些身子，甕聲甕氣地說：「我睏了，有事明天……」

話音沒落，一隻手拉住了她的手腕，顧言緩緩起身，蕓娘退後一步，他便進一步，直退到了床邊，蕓娘無處可退，他也容不得她逃避。

他將她壓在床上，髮絲互相纏繞，兩重影子交疊，熱氣在耳邊散開。

「蕓娘，妳既然只貪圖我的錢，那為什麼要待我那麼好，又為什麼來救我？」

蕓娘心裡一滯，她看著他那雙清澈的眼，腦子混亂中似乎有個答案呼之欲出，屋子裡燃著沉水香，原是為了驅蟲的，這時卻讓人昏昏沈沈。

他急切問：「陸蕓，妳……到底為什麼不走呢？」

細長溫潤的手指滾燙，蕓娘望著床帷上的影子，什麼都說不出來，他胸膛微微震動，輕笑了聲，半跪在床沿上，影子中那顆淚痣泛起妖冶的光。

「妳說，我模樣長得可好看？」

蕓娘呆看著那抹光，她慣是個老實人，到了這會兒，想改也來不及了，只能怔怔道：「好看。」

「蕓娘。」

他俯下身，那聲音帶著繾綣入骨，在耳邊熱氣騰騰。

「妳就承認吧，妳喜歡我，喜歡得要命。」

蕓娘面上炸開一抹紅暈，難以抵擋的情愫鋪天蓋地而來，陌生得讓她害怕，可又覺得有一種抑制不住的開心，前世今生都沒有過。

直到這一刻她才明白自己的心意，原來人常說的喜歡便是這種滋味，甜甜澀澀，心裡被這人的身影填得滿滿實實。

她手抵在他胸前，面色脹紅，與他對視。

「顧言，你、你難道不氣我騙你嗎？」

「騙？」

耳畔響起輕笑，顧言將她的髮梢一端繞在自己的手指上，熱氣在兩人之間氤氳開。

「蕓娘，妳怕是弄錯了一件事，如果能讓我前世再選一次，哪怕要遭遇這些種種，我仍是會選擇同妳在一起。」

塞北不常見雨，可今年一反常態，大軍凱旋後，老天似乎也開了眼，一場大雨悄然而至，緩解了旱情，也沖淡了這邊陲小城的內外紛爭，日子漸漸變得風平浪靜起來。

夜色漸沈，天地間拉開雨幕，偶爾還夾雜著些驚雷。

玄窗半開，蕓娘倚在桌邊，雨滴從窗外順著涼風滑進案頭，落到信封上，水跡一點點暈開，沁開絲絲涼意。

這封信走了一個月才到她手上，寄信者不是別人，正是遠在京城的江秋月。

蕓娘劃開信泥，深呼一口氣，抖開寫得滿滿的信紙——

蕓娘，見信如晤，上次一別後，妳要我留心的事有了眉目。

蕓娘一目三行地掃過信，窗外風雨更甚，房簷上砸下密集的雨聲，她眉頭逐漸蹙緊。

君作起居注，言及宮裡聖人與李公公多次私談中提到妳，不知何意。但城內皆知，聖人壽辰將至，成日與道人在宮內談經論道，不理朝政，以此觀之，恐有不善之事，故且勿歸。

落筆處，那雋秀工整的小楷又添了句——

代問顧公安，此次西北大捷，甚為欽佩。

最後這一句不像是江秋月的口吻，蕓娘想到了江秋月家那起居郎小相公，倒真是個文人性子，可這信裡寫的事卻不得不又令她提起一口氣。

竟是皇帝在尋她！

一瞬間蕓娘恍然大悟，陸家、陸安歌、宮裡的太監、道士，這所有的人串連起來，她又想到之前在道觀偷聽到的事，屋外風雨聲連綿，沈悶陰晦，讓人有些喘不過氣來。

說來可笑，她不過是個從鄉下來的姑娘，竟然因為一個道士一句話、一個剛好符合的生辰八字，就能給人續命了。

蕓娘看著鏡子裡的自己，臉色煞白，前世她死時洪鐘大作彷彿還在耳邊，原來所謂的陸家認親從頭到尾都是個騙局。

陸家與陸安歌求榮華富貴，聖人求長生，景王求至高無上的皇權，她只是一枚任人宰割的棋子。

雨從簷角滔滔落下，像是打在心上，一下又一下，蕓娘心裡壓著這些事，望了眼窗外的雨幕。

「大人還未歸家嗎？」

丫鬟垂首道：「稟夫人，大人今日與李大人在公署，剛傳信回來說一會兒就歸家。」

算著時辰，蕓娘乾脆起身道：「走，我們去迎迎大人。」

車輪在雨裡一路壓過，隆隆濺起些水花，在馬車上的蕓娘撩起車簾，一股夾雜著土腥的潮氣撲面而來，府衙外的燈籠受了些潮氣，遠遠地在雨簾下透出些暈開的光，光下有人撐開傘，俯身恭敬地迎著一個人往外走。

「顧言！」

她喚了聲，音聲不大，可那人停住了腳步，頎長俊秀的人影立在燈下，只那麼在雨幕中對上簾幕後她的目光，便轉身停了和身邊官吏的交談，直直朝車走來。

車簾被掀開，顧言上了馬車，袍上夾雜著些水氣，他在她身旁坐下。

蕓娘捏起帕子給他撣著雨水，嘟囔道：「走那麼急做什麼？傷還沒好全，小心傷風頭疼的，再說那些人不還要同你說話嗎？」

顧言捋了捋肩頭的水氣。

「都是些冗雜的事，說來說去不過是那點繞圈子的廢話，浪費時間罷了。」

蕓娘手停下，杏眼圓睜。

「瞧你這話說的，那同我說話就不費時間嗎？我說的都是家長裡短，沒得你不愛聽。」

對方聽到這話，卻是眉尾挑入鬢，抬眼瞧她，連聲音裡都含著笑。

「只要是妳說的，哪句我都喜歡聽。」

「你就哄我吧。」

蕓娘聽著他這話，心裡壓著的事鬆了些，露出淺淺梨渦。

雨打在車頂淅淅一陣響動，顧言向後一靠，鬆散地倚在車壁上，只看著她。

「蕓娘，妳喜歡這裡嗎？」

蕓娘看了眼窗外。「初來不習慣，現下倒覺得民風淳樸。」

顧言聽到這話，看了她一眼，淡淡道：「要是能這樣在這裡安康過一輩子，倒也不錯。」

蕓娘心裡一跳，抬眼看他，只見他臉色似隔了一層水氣，琢磨不透，她剛想張口問，車子一停，車外有人恭敬道——

「大人，裕王殿下到了，在府裡等您呢。」

裕王？

蕓娘心裡一驚，透過車簾隱隱看到馬車停在府外。

顧言沒說什麼，只是進府後，吩咐讓她先行用飯休息，不用等他了，轉身進了書房院裡。

蕓娘想著剛剛顧言欲言又止，心裡總覺得他有意瞞著她些什麼，想了想，她提著食盒走到書房院門外，門外站著兩個護衛。

這幾個月以來，蕓娘也跟這些護衛混了個臉熟，只是淺淺一笑。

「給裡面送些湯水。」

護衛們都知道顧大人商量事從不避著這位夫人，也就沒多相攔。

蕓娘自然地走進院子裡，立在門外，簷下還落著雨滴。

蕓娘剛走到門邊，就聽見一個陌生低沈的男聲從裡面傳出來——

「老三要反。」

「再過一月便是父皇壽辰，線人來報，老三先行出發，隨後有兵從甘肅境內直驅汴梁，這剩下的事……」

顧言看著眼前人，沈聲應道：「臣知道該怎麼做。」

「顧言，你辦事我放心，只是……」裕王的聲音一頓，他瞥了眼面前的年輕人。「只是你就這麼留在西北不回汴京，怕是老三那邊會起疑心……」

顧言並沒有接話，他站在案前，跟個木頭樁子一樣，但裕王知道他聽懂了，他慣常是個心思重的，這是不打算應他下面的事，可他並不想把這事放過去，兀自開口——

「讓你那夫人先行回京。」

一聽這話，顧言立即抬眼拱手長揖。

「內人才疏學淺，不堪大用，怕回京誤了王爺大事……」

「顧言。」

屋子裡，裕王打斷他的話，看了他一眼，悠悠道——

「你的夫人是陸家親女吧，你可知聖人也在尋她？若她回京做餌，必能將老三手裡那個通敵賣國的老道士引出來，一網打盡。」

蕓娘在門外聽著，想到江秋月信中所提，心中一緊。

「王爺……」

顧言抬頭站在那兒，手垂下微微握起，聲音有些冷。

「蕓娘不行，獨她不行。」

裕王皺起眉，對他這番強硬有些出乎意料，只聽顧言續道：「臣攔截景王後，立刻可以趕回京城。」

裕王起身把手背在後面，來回踱步，聲音裡有些不耐。

「說得容易，若是老三發現了呢？」

顧言面色不變，冷靜道：「臣能做到絕不讓景王發現。」

裕王黑著臉，停住腳步，回頭看他。

「你……」

話音未落，門突然被推開，天色陰暗，迎面撲來些濕意，只見個窈窕人影輪廓緩緩從外面走進來。

裕王雙手負在身後一怔，看清來人，只一挑眉，想起那次在花坊，這女子一腳破門而入，追著李三郎滿屋子跑，不動聲色地退後半步。

顧言則是立即擋在門前，面若寒霜，罕見厲聲道：「誰許妳進來的？滾出去！」

蕓娘只望了他一眼，切切道：「秋月來信都同我說了，就算躲也只能躲得了一時，我願回京結束這一切。」

顧言眼裡陰霾漸起，回京？那是聖人想要她的命！從沒有這麼一刻，他想放下眼前所有事物，想著同她遠走高飛，什麼權力榮華，他都不要了……

他咬著牙道：「說什麼胡話！來人！送夫人回屋。」

眼見門邊護衛擁上來，蕓娘越過他的肩頭，朝裕王一福禮道：「王爺，陸蕓願回京助王爺成事。」

裕王一挑眉，他本以為顧言這夫人是鄉下來的不懂事，沒想到還有幾分氣概，又想到聽人來報，這女子帶三百人去荒漠尋夫的事跡，不禁高看她一眼。

他點了下頭，對著顧言道：「你家夫人都這麼說了，顧郎，你怎麼做啊？」

顧言一言不發，直盯盯看著蕓娘，倒是蕓娘收回眼神，望進他的眼裡，輕聲問：「顧言，你信我嗎？」

顧言沈默地站在這夜色的陰影裡，眼裡帶著說不清的情緒，有些難過，似還有些不捨。

蕓娘微微一笑，把他的手抓在自己手心捂熱。

「我知道你信，那就再信我一次。」

第二十章

近日，邊關大捷的消息傳遍了整個京城，顧言顧大人在朝堂上聲望與日俱增，說到底，已經多少年了，邊關哪曾打過勝仗？朝中上下，文武百官對這位狀元郎敬佩有加，連帶著那先行回京的顧夫人的名聲也是水漲船高。

而這顧夫人也一改往日深居簡出的作風，凡是京城內的大小宴會來者不拒，必會出席，一時間在汴京女眷中也是風頭無兩。

「誒，看看，那顧夫人來了。」

這日宴會上，幾個女眷聚在一起閒談，門外走進來個光影兒，裙上的花簇對鳥紋，藍的清，紅的沈，裙裾微微拖地，鬢髮上掐金絲的孔雀綴滿珍珠的步搖，原本俗氣的富貴，配著那杏眼圓臉，只覺美得明豔大氣，誰看不目光灼灼？

「姑奶奶，這也太顯擺了些吧。」有人咂舌道。

「妳懂什麼，山雞變鳳凰，不就要好好顯擺顯擺？」

那女眷拿團扇掩面嘆道：「不過這顧夫人也真是好命，聽說與顧大人落魄時成了親，可後來誰知那顧大人連中三元，還給顧家翻了案，顧家早年是什麼樣的富貴人家啊，國公府的姻親，更別提這顧大人現下立了平定西北的大功，這等功勞傍身，腰桿子硬得呢，日後便是飛黃騰達，誥命夫人咯～～」

旁人聽到也嘆道：「可不是，羨慕都羨慕不過來，妳說我怎麼就沒這福氣遇上個狀元郎呢……」

蕓娘聽著旁人的話，微微垂下眼，放在當初，這偌大的汴京沒有顧言的容身之處，連個伸手幫他的人都沒有，可現在，這些人卻羨慕起她來了。

說到底，她們不關心顧言一路科舉怎麼歷經艱辛，也不在乎顧言在西北九死一生，她們想要的只是他歷經生死後換來的榮華。

「夫人，請上座。」

宴會的主家招呼她坐過去，蕓娘坐在以往只能仰望的高臺，被簇擁在這些女眷之間，原先那些鄙夷嘲諷的人在一夜之間似乎都消失了，入耳時句句都是好聽恭維的話。

她低頭看著手裡這杯沖沏過兩、三遍的茶，說來說去都是些私事傳聞、吃穿用度，這些女眷的日子也確實寡淡無味透了。

她目光四下一瞥，在宴會之中似乎在尋找什麼，又像是在等些什麼。

「蕓……顧夫人。」

有個聲音弱弱響起，蕓娘意外地抬眼一看，只見個瘦條條的人站在面前。

若不是她的聲音，她差點沒認出眼前的人來，這不是譚春兒還有誰？她瘦得脫了形，儘管妝容精緻，依舊掩不住一身的憔悴，整個人塞在那裙子裡都空空盪盪，哪還有以前那股張揚跋扈的勁？

見有人跟蕓娘打招呼，人群中也對來人評頭論足起來。

「這是誰啊？看著面生。」

「妳不知道？原福州刺史的女兒，工部郎中陸家的表小姐。」

聽話的人還是一臉納悶，那說話的人乾脆提醒道：「國公府晚宴。」

聽話的人恍然大悟道：「哦，那個啊，上趕著給國公府李三郎做妾的那個？」

這話一出，譚春兒打了個激靈，這些時日過去，她心裡清楚知道這些人對她的評價，她的頭低垂下去，咬著嘴唇一聲不吭，但那冷嘲熱諷的風涼話並不放過她。

「說來這些妾、外室都是上不得檯面的，要真惹急了家裡那位，也是隔心，妳說是不是，顧夫人？」

旁人使了個眼色，拉長音道：「妳算是問錯人了，顧大人出了名的潔身自好，就沒納過妾，哪像我們家那個？顧夫人，妳可有什麼御夫門道？」

蕓娘只是淡淡一笑。

「哪有，我鄉下來的不懂那些。」

「顧夫人就是好性子，我家那口子上回在南柳巷養了個外室，叫我連人帶東西都給扔到了城外，還在那哭哭啼啼喊著讓老爺做主。還老爺？外室罷了，真當自己是個什麼玩意兒。」

她可連個外室都不如呢，譚春兒把頭低得更深了。

蕓娘看了她一眼，她像是想對她說什麼，可是臨到喉頭又嚥了回去，轉身帶著丫鬟匆匆走了。

一旁人看著她的背影仍在議論。

「誒，妳說她以前也是個張揚的，哪想到有朝一日落成這副可憐樣子。」

「妳不知道，兩個月前她懷了一胎，在國公府也是神氣得不行，說是要扶正，但後來那李三郎轉頭要娶正妻，她就在府裡鬧，可鬧過了頭，摔了一次孩子就沒了，她人又瘦，在床上足足躺了半個月才能下地。」

聽得人倒抽了口涼氣，旁邊的人繼續道：「這還不算完，後來聽大夫說她再也不能生了。」

蕓娘聽到這話，抬頭望向譚春兒遠去的影子，不禁想起前世今生她那副趾高氣揚、鄙夷不屑的模樣，她曾真切討厭過譚春兒識人不清、自私自利的嘴臉，可現在眼睜睜看她吃了苦果，倒也沒了落井下石的心思。

當初她反手將她推進屋子裡，落得進到李三郎府裡，想一想倒也不是件壞事，畢竟國公府家大業大，倘若她老老實實地跟著李三郎，生個一男半女，哪怕就是姨娘，這輩子也吃穿不愁，可誰知到底是貪心，落得現在這副模樣。

「陳公公到！」

她正想著，一聲吊嗓的高喊聲穿過門廳打斷了她的思路，也引得門裡門外突然一陣騷動。

蕓娘抬眼看向門外，只見帶頭的宮人從門邊先湧進來，人群中一陣交頭接耳，竊竊私語。

「喲，今天什麼大的場面，就連宮裡這位陳公公都來了。」

蕓娘隨著眾人行禮，微微垂眼，沒有作聲，只是過了一會兒，那喧譁聲漸停，那人影停在她面前，尖細的聲音緩緩道：「這位可是顧夫人？」

頂著周圍人豔羨的目光，蕓娘沒抬眼，垂首儘量顯得溫順。

「見過公公。」

陳榮打量了一下面前的人，眼神微瞇，似乎在想些什麼，最終臉上豁然一笑，伸手要去扶蕓娘。

「顧夫人倒是生了副好樣貌，命裡是有天大福氣。」

這話聽來誇人，但總覺得有些陰惻惻其他什麼意思。

蕓娘起身，微微避開陳榮的手，仰起臉道：「公公過獎了，蕓娘這輩子可不想要什麼大福氣，平平安安就好。」

陳公公臉上的笑一頓，落空的手收了回去，深深看了她一眼，便向前走去。

宮裡來人讓這場宴會走向高潮，自此女眷們有了談資，主人家有了面子，這場宴會便在滿場喧鬧中圓滿步向了尾聲。

待到散場時，蕓娘看了眼外面停在背巷裡的自家馬車，微微一頓，朝著馬車走了過去，誰知還沒上車，一輛馬車從身邊駛過，許久未見的陸家夫人趙氏竟然從車上下來。

「女兒啊，妳可要救救妳父親啊！」

蕓娘看著趙氏捏著帕子抹眼淚，彷彿天都要塌了般，突然感覺這場景顛倒了，想當初她多麼趾高氣揚地對她啊，可現如今竟然扒在她腳邊哭。

「救什麼？」

「妳不知道，妳父親他被人冤枉下獄了，說他收了人千兩黃金編纂書籍辱罵聖人，天可明鑑，那書妳父親只不過掛了個名頭，那些人求人辦事時說得好聽，誰知那書竟是大逆不道的東西。」

蕓娘聽到這兒，自是明白就趙氏這般貪心的人，這事情絕不是她說得這般簡單，冷冷一笑。

「說到底那金子你們沒有收？」

趙氏支支吾吾起來，眼神飄忽不定。

「收是收了……」

「那便秉公辦理不就結了？該怎麼辦自有官府處置。」

蕓娘說完轉身要上車，可趙氏巴住她的衣角不讓她走。

「妳不能就這麼走了啊，我、我好歹是妳的生母，那、那畢竟也是妳的父親，蕓娘，妳不能這麼不念情分。」

「情分？」

蕓娘聽到這兒，彷彿聽到了什麼天大的笑話，她轉過頭看著趙氏。

「妳想我怎麼念情分？」

「自然是去求求顧言，妳也知道，顧言與那大理寺王家交好，現又如日中天，聖人都稱讚有加，這脫罪放人還不是他一句話的事……」

蕓娘聽她把這話說得這般簡單，想來在她眼裡，這不過是利益間的事，用得到她的時候才想起來，她突然打斷她——

「我問妳，妳當初為什麼要尋我回陸家？」

趙氏一怔，沒想到她突然問這話，忙道：「自然是骨肉親情……」

蕓娘只冷冷地看著她，趙氏心裡慌了神，這丫頭知道了些什麼？不可能，她若真知道了什麼，怎麼還敢回京，這不是自投羅網嗎？

她強穩住心神，只聽蕓娘繼續問道：「既然是骨肉親情，為什麼要放任張娘子和陸安歌不擇手段地帶我回來？妳可曾真正想過我的安危？」

「那都是受人蒙蔽……」

蕓娘看著趙氏這時候還不肯說一句實話，眼裡那最後一絲情意也消失殆盡，她轉身登上馬車，淡淡道：「回府。」

「蕓娘，蕓娘！」趙氏見蕓娘沒有一絲心軟，顫抖地抓住她的衣角，發狠道：「在朝為官講究的是個名聲，若妳今日這般鐵石心腸，不肯相救，我便把這事傳出去，罵妳個不孝，連帶上顧言的仕途也得完蛋。」

雲娘動作一頓，轉過身來，與她對視。

「我在西北時曾遭人刺殺，那些人是京城圈養的死士，後查明是陸安歌指使，但奇了怪了，妳說陸安歌哪裡來這些人手呢？要不要讓那大理寺王家也往下查一查，看看近幾月哪家大人家裡少了人？」

一時間趙氏啞了聲音，蕓娘不想再多看一眼，扭過頭對車伕道：「走吧。」

夜色濃重，蕓娘餘光看著趙氏失魂落魄地站在原地，影子在黑暗裡扭曲成一團，終究那點光亮消失在黑夜中，什麼都沒留下。

突然間，車子一撞，蕓娘整個人向前一傾，她出聲問道：「怎麼了？」

可車外卻無人應聲，雲娘正覺得有些不對勁，皺了皺眉，掀開車簾，一道黑影一閃而入，用手帕捂住了她的嘴巴。

「走。」

幾個人架住蕓娘，往另外一輛馬車上一塞，一人揚鞭朝著宮門駛去，而另一人在黑夜中如同行動敏捷的夜鳥，翻過牆頭，竄進隔壁的巷子裡，跪在一處轎簾外。

轎簾抖了抖，一道尖銳的嗓音從裡面傳了出來。

「都辦好了？」

「回乾爹，送進宮裡了。」

「此女力大無窮，非常人能比，都仔細些，若是出了差錯，小心你們的皮囊子肉。」說到這裡，那人停頓了一下，又緩緩開口。「別耽誤了時辰，聖人和道長都還等著呢。」

「父皇，原三邊總督付廷供出賑災糧去處，有些糧運到甘肅境內，兒臣以為……」

「夠了。」

暮雲四合，晚霞橫沈，宮牆內外樹影幢幢，玉龍香爐嘴裡吐些昏沈的煙霧，簾子後的人咳嗽兩聲，那聲音聽著入了肺，乾澀刺耳，帶著粗重難掩的呼氣聲。

「老二啊，這事你就不用管了，壽宴準備得如何啊？」

裕王站在大殿裡，垂首回道：「已經妥當了。」他話音一頓，又道：「父皇，三弟他……」

「朕乏了。」

究竟是乏說話的人，還是乏說話的內容，已然是不重要了，隨著簾子後安靜下去，裕王臉色也沈了下去。

他盯著大殿頂上的梁木，看著雕梁畫棟，置在中心命脈，可仔細一瞧漆色斑駁，那股陳腐的味道燃多少香都掩不住，他抿了抿嘴，躬下身子緩慢道：「兒臣告退。」

裕王向外走去，剛到門邊，只見個人影躬腰碎步走了過來，陳榮見到了門邊的裕王，腳下一停，門外兩側的石燈亮光打在他臉上，映著面前人身上的錦緞蟒袍，熠熠生輝。

陳榮把腰躬得深深的，嘴裡的話說得順溜。「參見裕王殿下。」

裕王掃了眼他手上托盤裡的丹藥瓶，臉上不辨喜怒，轉身走了出去。

陳榮望著那人影隱入黑夜中，直起身子，捧著托盤進了大殿裡，走到那座上的簾幕前，輕聲細語道：「聖人，這是邵元道長新煉好的仙丹。」

「快，快呈上來。」

簾子微微拉開，陳榮低著頭把托盤遞上去，老皇帝側過身，迫切地將那藥丸顫抖倒在掌心，一口捂進嘴裡，脖頸微動，臉上青筋暴起，將藥丸生生乾嚥了下去，這動作像是用完了全部的力氣，癱倒在榻上，臉上泛出不正常的紅，雙眼無神地望著上方，從旁看像個凸肚的蟾蜍。

「別以為朕不知道，西北大捷，他得意得很！老三若再一倒，沒了牽制，旁人哪能奈他何！」他梗起脖子，坐直了身子。「他們這些人在底下鬥來鬥去，不就是通通盼著朕死！盼著朕死！」

「聖人息怒。」陳榮低聲道：「道長說吃了仙丹不能動怒，否則藥效就不足了。」

「是了，仙丹，仙丹……」老皇帝起身，伸出瘦得如樹杈般的指頭，一身道袍空空盪盪掛在身上，拉住陳榮的胳膊道：「那女子呢？把她尋來，道長說有了她的命數，便可以光耀萬年。」

陳榮看著他這副模樣，微微垂下眼，他總覺得自己可憐，家貧進宮少了那二兩肉，又在這皇城四合內打轉，一步步被人踩著爬上來，活得不人不鬼，祖宗都不認。

可眼前這天下之主又好到哪去？這人啊，甭管你是誰，只要有了虛妄執念，便是誰也不能善終。

陳榮眼裡厭惡可憐一閃而過，垂著腦袋道：「主子莫急，那女子已經帶到宮裡來了，道長說了，等明日時辰一到，便可以作法了。」

夜剛過，宮裡響起遠處的鐘聲，宮人挑下甬道中的一盞盞燈，暗沈沈的天色聚集在天邊，像是有人在這如畫的江山上潑了層墨，即使有著太陽，也難辨世間清明。

蕓娘悠悠醒來時，只聽有人聲縈繞在耳邊，她在昏沈中被人沐浴更衣焚香，那香不知添了什麼東西，只讓人昏昏欲睡，睜不開眼。

待到四下安靜，殿門微動，有人走到身旁，似乎給她餵下去什麼東西，她意識清醒了些，睫毛抖動兩下睜開。

只見一個宮女站在床榻旁，低聲對她道：「顧夫人，我是裕王的人。」

說著她把一個冰涼的東西塞到她手裡，蕓娘摸索了下，是把匕首，這時聽到長廊裡有腳步聲傳來，那宮女立刻閃身從窗戶跳出去隱入花園之中，她則將匕首揣進了袖口裡，閉起了眼。

來人的腳步聲響徹在宮殿裡，還不止一人，這些人無聲地將她抬起來放進個軟榻中，那軟榻晃晃悠悠，似是到達了某處又落了下來。

因是閉著眼，蕓娘只覺這最後落下的地方四下給人感覺陰沈沈的，像是水缸裡積久的雨水，沒有一絲生氣波動，還有些陳腐的氣味。

「聖人，人到了。」

這是陳公公的聲音，她有印象。

「卯時了，聖人，不能錯過時辰。」

這個男聲倒是沒聽過，聽起來有幾分上了年紀，緊接著簾子後的人窸窸窣窣地壓低說了些什麼，簾子微動，腳步聲由近及遠。

聽著這人的腳步聲，體型應是不胖，鞋底在石板上沒聲音，那便不是穿皮靴，也不是練家子，蕓娘心裡穩了幾分。

那人在她身旁站住，聽到幾聲低沈的話音，像是念咒，又像是在禱告。

緊接著是一股香燃著的味道，那味道逐漸靠近，像是纏繞在身上，就在那氣息逼近之時，她猛地睜開眼，只見眼前那穿著道袍的人一愣，剛想向後退，她一隻手抓住了他的脖頸。

周圍響起兵器的聲音，從宮殿角落裡湧出好些穿著道袍的人，可還是慢了一步，蕓娘把匕首架在老道脖頸上，大聲道：「你們別過來，否則我殺了他！」

老道歪著脖子，瞇眼道：「妳、妳怎麼會是醒的？」

蕓娘沒有答他的話，只把手上的匕首往他脖子上緊了緊，一道血印子壓了出來。

「你便是那什麼邵元？」

老道沒開口，簾幕後的老皇帝倒先坐不住了，慌慌張張地起身，撐著手道：「邵元道長？怎麼了？」

這一下，誰也不裝了，邵元費勁地扭過半個頭，咬著牙道：「妳殺了我，這麼多人，今日妳也無法活著走出去。」

「邵元道長，誰要殺你？朕看誰敢？」

蕓娘看了眼簾子後顫顫巍巍的老皇帝，這是她第一次見這位天子，卻覺得他老邁極了，甚至不如村頭老漢來得健朗。

原來眾人畏懼的天子也不過這般，會生老病死，同尋常人一樣，突然間，心頭像是困擾積壓的一塊石頭落了地，被這樣的人盯上，也不是那般的可怕。

她抬起頭，坦坦蕩蕩面對著他朗聲道：「聖人，是他想害我在先，並不是我想害他。」

老皇帝哪裡會信，喝斥道：「大膽！胡言亂語！」

這話也許宮裡人會怕，裕王會怕、景王會怕，但蕓娘不會，她長在山野，兩世為人，歷經生死，早就沒什麼規矩可以束縛住她。

她不懼不怕冷靜地站在那兒，眾人沒了聲音，不知這個時候她要做什麼，可她下一刻便將邵元頭頂的帽子向下一拉。

「聖人，這就是您的道嗎？」

陳榮瞳孔放大又縮小，倒抽了口涼氣，原因無他，那邵元頭頂竟然剃禿了一塊，前髡後辮，這是韃靼的髮式。

「你、你……」老皇帝啞在原地。

而見此，一旁的人也不再掩飾，紛紛扯下道袍，露出內裡寒光凜冽的盔甲。

「救駕、救駕……」陳榮嚇得臉色發白，連連向後退了幾步，剛喊出兩聲，那邵元便開口了。

「現如今這宮殿內外都是我的人，就連隻鳥都飛不進來。」那邵元不見慌張，仰著頭對身後人道：「陸蕓，妳要是殺了我，那顧言便徹底完蛋，這會兒工夫，怕是甘肅那邊已經入關了。」

蕓娘稍一慌神，又穩下心思，把刀口向下壓了壓，就在這時，外頭傳來打鬥聲，一聲洪亮的聲音劃破四方，傳到大殿裡來——

「聖人，裕王帶兵護駕！」

話音將落，門被踹開，裕王帶著人衝了進來，與殿內的人廝打成一團，就在這瞬間，老道反手想奪過她的刀，蕓娘左手一閃，直接揪住這人，他卻是眼裡寒光一閃，把刀要朝蕓娘按下去，蕓娘手上使勁，將刀口朝向他往裡一插，直直沒入他胸口處，血從他嘴裡湧了出來。

蕓娘靠近，問出了一個她疑惑兩輩子的事——

「為何是我？」

那老道陰森森一笑。

「胡算的，要怪就怪妳命不好。」

「那你算錯了。」

她從村子裡走到繁華的汴京，再從汴京走到西北的黃沙地，現如今的蕓娘不會再為身世抱怨不公，也不會為旁人的話而自怨自艾，她就是她，她為自己而活。

看著這老道一點點沒了氣息，她把匕首拔出來，淡淡道：「我陸蕓這輩子偏不信命。」

殿外的士兵衝了進來，老皇帝從簾子裡衝了出來，滿大殿血流成河，老皇帝跪坐在地，直喊著。「朕的長生，長生！」

突然，一聲將落，他像是突然沒了氣息，直直向後仰倒過去，蕓娘後退一步，看著眼前人，那陳榮太監急忙撲了過來。

「聖人！」他把手放在聖人鼻息底下，又猛地收回手，哆哆嗦嗦道：「聖人，只、只是暈了過去，傳御醫，對，要傳御醫……」

可那陳榮只走到門邊就停住了腳，因為裕王帶著人走了進來，陳榮面色慘白，向後步步退著，只見一群士兵圍了上來，裕王站在晨光下，有種讓人說不出的威嚴，那劍尖還滴著血。

「陳公公，別來無恙。」

陳榮腿一軟，伏跪倒在裕王腳邊，哆嗦著道：「殿下，奴還有用。」

裕王多一個眼神都沒給他，略過他走進殿內，只搖了搖老皇帝，輕聲道：「父皇？」

老皇帝回復些意識，微微睜開眼，可雙眼無神，呆滯了好一會兒，竟然呵呵笑了起來。

看到老皇帝這副模樣，裕王沈下臉，起身站在血泊裡，看了眼四下，冷聲道：「把這些宮人都滅口，封鎖消息，萬不可將今日事透露出去。」

底下人稱「喏」，裕王看了在旁的蕓娘一眼，與一旁跟著的將領耳語幾句，將領了解意思，點點頭，轉身對著蕓娘道——

「顧夫人確實英勇，令人欽佩，只不過後日便是壽宴，景王恐生宮變，王爺的意思現下聖人這副模樣，不便讓他人看到，那日還需一信得過之人扮成宮人待在聖人身邊，顧夫人自是最合宜人選，但夫人若是害怕，看在顧大人的功勞上，王爺也允許夫人先行出宮。」

「多謝王爺美意，但不用了。」

蕓娘想到去截斷景王後方生死未卜的顧言，下意識地握緊了手裡的匕首，這一次她要牢牢將命運掌握在自己手上。

她抬起眼，堅定地對眼前人道：「我已經準備好了。」

淒厲的聲音此起彼伏地響徹在山谷裡，刀劍相交，血色潑灑在土地之上，山谷內外似有重重人影卻又看不清，風中帶著濃重化不開的血腥味。

「顧郎啊，我和你父親也曾同朝為官，按理你也該叫我一聲伯父，聖人昏庸，大道日喪，裕王也罷、景王也罷，何為道？天下事糜爛至此，你我都是局中人，何苦這般趕盡殺絕啊。」

景王部下的官員拖著帶血水的身子，像抓住救命稻草似的顫顫巍巍巴在顧言袍角，苦苦哀求。

「顧、顧郎……」

面前人不動如山，手裡的劍尖滴著血，只看了他一眼，淡淡道：「伯父，自我顧家亡時起，天下事與我顧郎何干？」

劍沒入後背，地上人青筋暴起，鮮血迸流，劍身往進又壓入幾寸，顧言的聲音冷得刺骨。

「那道義又與我何干？」

瘦長的影子立在風裡，一身衣袍彷彿從血水裡撈出來一樣，狀如鬼魅，他手背緩緩一抹臉側的鮮血，將袖口像是平日裡習字作畫般耐心地挽了幾道，長風吹過蓋眼的長髮，底下人來報——

「大人，餘黨已全殲。」

指尖一頓，他迎著血風向北望去，眼裡映著這江山天地，心裡卻藏著個人影，冰冷的眼尾像是烏雲化開的清雨。

「整軍，回汴京。」

夜色濃重，廊簷下每個人的步伐匆忙，宮人們低著頭，像是這皇城裡一抹抹惶惶的影子。

今日聖人過壽，聖人是天子，連過壽都和平民百姓不一樣，要叫千秋節了，可誰都清楚，這不過是哄人的話，哪有人真能千秋萬代的呢，你看看田間地頭的貧苦百姓，處處風雨飄搖，名字叫得再好聽有什麼用呢？

大家都心照不宣地想，這江山要換人來坐了。

蕓娘穿著宮女的衣服走到宣政殿門邊，可趕巧一隊人浩浩蕩蕩迎面而來。

那為首的是原本應該晚宴時才出現的景王，蕓娘急忙低下頭。

雲靴跨過殿門檻，金線鑲邊的下襬晃出一串弧度，身後緊跟著七、八隻腳，這排場明晃晃的是盛氣凌人。

景王都走進宣政殿裡了，忽然一停，面上不動聲色，微微轉過頭，看向門邊，瞇起眼。

雲娘往人群的陰影中縮了縮，可那目光還是透過人群，似從那邊發現些什麼。

景王轉了個身，腳步換了個方向，正要朝人群裡走時，一個人影擋在面前。

「王爺。」

景王看到眼前人，神色一變。

「喲，林大人。」

他上下打量林賀朝一眼，眼神落到他手上的文書上，這林賀朝按理說是個讀書人，也是個聰明人，可就是有些不知打哪來的清高。

他話音悠悠地道：「林大人，上回本王與你說的事，考慮得怎麼樣啊？」

林賀朝微微一頓，溫潤地笑了笑。

「承蒙王爺青眼，臣才疏學淺，無心內閣，今日已接到吏部外派文書。」

「外派？」景王眼神驟冷。「林大人，你從汴京一走，可不是輕易能回來的。」

林賀朝面上沒什麼變化，只是深深伏下身子，淡淡道：「早聞蜀州景色宜人，多是清正之風，臣心往之。」

你林賀朝門前清正，那當他這裡是什麼？

景王沈下臉，與生俱來的上位者之道讓他不會輕易表露什麼，可到底被這暗諷搞得窩火，轉身就走。

人聲漸歇，林賀朝轉過身，看著蕓娘。

在這大殿裡，當著人前，蕓娘與他誰都沒說話，似不知要說些什麼，也不知該怎麼說，這番相望，倒顯得兩人似有什麼私情未了。

蕓娘偏過頭，向前走去，只是經過時，福身低低道：「多謝林大人。」

林賀朝面視前方，一把拉住她的手腕，他五指箍緊手裡人的腕骨，他是長在高牆裡的公子，沒脾氣慣了，可此刻像是把平生的力氣都用上，卻又緩緩放開，聲音裡帶著絲艱澀。

「蕓娘，欠下的情我還妳了，自此溝水東西流。」

說完，林賀朝沒再停留，直直朝外走去，風帶起袍角，兩人擦肩而過，像是兩條不會相交的線，一個朝宮內，一個朝宮外。

外面太陽升在最高處，林賀朝一身緋衣站在宮簷下，看了眼手裡的文書，站在這中軸之中，將這汴京城盡收眼底。

遠處有羽鴿在空中振翅盤桓，再遠聽見些咿咿呀呀的曲聲，有人是戲中人，有人卻是臺下觀客，只不過這齣戲、這輩子調轉了方向，可說到底，戲也是要落幕的，若是成不了戲中人，那便要在滿堂彩中退場才體面。

林賀朝垂下眼，撣了撣這身官袍，沒再猶豫，大步朝宮門外走去。

夜風吹過九重深宮，壽宴開場，殿內群臣聚集，遠近燈火明亮，推杯換盞，流光華彩。而簾後，陳榮慘白著臉，那身段比平日裡躬得還要深，仔細看腿還有些顫抖。蕓娘站在他身側，透過明黃紗簾望向大殿，一言不發。

在兩人身旁的老皇帝把玩著手裡的道牌，那道牌正是蕓娘之前從李三郎贏來的那個，他像個幼童一般，咬著牌面上的「邵元」兩字，流著口水，盡顯癡憨。

遠處洪鐘大作，一聲聲如同催命，這壽宴便開場了。

流水般的貢品獻了上來，裕王從外走了進來，身後人抬著兩大匣子壽禮，朗聲道：「恭賀父皇壽辰。」

「王兄，今日父皇萬壽，怎麼就送這些東西？」

景王起身，倨傲開口，裕王回頭望他。

「那王弟送予何物？」

「天下之物。」

裕王臉色漸沈。「禮在何處？」

「正從甘肅封地往這趕呢。」

景王摩挲兩下漢白玉扳指，悠悠道：「算下時辰，倒是差不多了。」

「老三，你包藏禍心！」裕王蹙起眉頭喝道。

景王聽著這話，嗤笑一聲，走到裕王面前，兩人面對面，相差不過幾寸。

「皇兄，我包藏禍心，你難道就乾乾淨淨？你拉結國公府，讓那顧言在西北都做了些什麼？皇兄提的這把刀當真是厲害。」

裕王聽到這話，眼底寒光盡顯，兩人臉色都冷得要命，這殿上一時間抽刀聲四起，殺機一觸即發。

「二位殿下！」

只見個老臣哆哆嗦嗦地跪出來，伏在地上，頻頻磕頭對著簾後的座上人道：「聖人，您說句話啊，萬不可再沈迷長生道術，惹二王相爭，天下怨責啊！」

老皇帝還在玩呢，這老臣自然是頭撞爛了都沒等到皇帝的話。

突地，他撞向一旁的殿柱，絲竹笙樂戛然而止，眾臣看著這血順著柱子無聲無息緩緩地流下，像這江山一般滿目瘡痍。

此時簾子動了動，蕓娘一把抓住想要亂動的老皇帝，陳榮則趕緊捂住老皇帝的嘴巴，可老皇帝卻反咬陳榮一口，陳榮吃痛，叫出了聲，景王瞬間回過頭盯著那黃色的簾後。

「什麼聲音?!」

陳榮吃痛，五官皺在一起，老皇帝似乎被逗笑了，咯咯地笑著，可這笑聲傳到景王耳邊就像是火裡添柴，讓局勢越發不可控制起來。

「父皇，難不成覺得兒臣可笑？」

景王正要上前之時，裕王一把攔住他。

「你要做什麼?!」

景王狂妄地抬頭，擊了擊掌，一行士兵從外面衝進來，把大殿團團圍住，連帶制住了所有人。

看著眾人受驚亂成一團，驚叫四起，他對著座上之人朗聲道：「父皇，兒臣的心意您都明瞭，兒臣也厭了爭來爭去，今日懇請父皇下旨傳位。」

滿座公卿譁然，罵聲不絕於耳，景王卻無動於衷，他轉過身來，一把抓住身邊的一個大臣問：「大人，我當不得這天下之主嗎？」

蕓娘心裡一緊，看到他揪住的不是別人，正是崔大人。

崔曙朝著景王啐了口唾沫，只恨恨說了幾字。「不忠不孝，不名不正，君辱臣死！」

景王臉色陰沈，就要動手時，蕓娘四下一掃，看到了一旁的燈柱，這燈柱是黃銅做的，尋常人的力氣肯定是搬不動，但恰好她力氣不尋常。

旁人還沒反應過來，蕓娘閃出簾外將黃銅燈一把砸在景王頭上，景王被砸得往前踉蹌幾步。

趁著這空檔，她一把搶過他手裡的劍架在他脖子上，對著崔曙道：「大人快走！」

景王仰著脖子，一點也不見懼色。

「無知婦人，這個時候韃靼已經入關了，若是今日我死了，誰都別想活。」

簾子忽然一顫，有人從後頭走了出來，景王心中一喜，喊了一聲。「父皇！」

可出人意料，簾子後面的不是英明神武的帝王，而是一個瘋瘋癲癲、滄桑盡顯的老人，他掙脫開陳榮的手，跑到那一頭撞死的老臣身旁，指著那灘血笑著。

「嘿，死了，嘿嘿，他死了。」

陳榮面如死灰地癱坐在地，將這繁華後的腐朽不堪展示在滿堂公卿面前。

景王面色一沈，就在這時，外面響起打鬥聲，有個人從後面衝了進來，想要救景王，蕓娘連忙上前擋住了那人，景王則趁此機會，身子一彎，拔腿就逃。

眨眼間，他已經混入人群中跑出了門外，蕓娘瞥到一旁有散落的弓箭，立時拾起弓，把弓弦繃得緊緊的，能聽到弓發出一聲清脆且不堪重負的聲音。

還不夠。

還可以再遠，她可以。

顧言說過，這個世上有很多女子，但能拿得起殺豬刀，也能提得起十二石的弓的女子只有她一個。

直到弓弦如滿月，蕓娘瞬間放箭，那箭以離弦之勢衝了出去，直射進景王的腿裡，他慘叫一聲，倒在了人潮之中。

立時有人上前將景王團團護住，他舉劍喊道：「等我大軍來了，大軍來了，你、你們通通都得死……」

話音未落，密集的拉緊弓弦的聲音從身後傳來，只見宮殿外面黑壓壓的騎兵飛馳而至，低沈的馬蹄聲敲擊著青玉石階梯，把宮門團團圍住，盔甲森森，弓箭高擎，黑壓壓的壓迫感撲面而來。

景王喜出望外，可剛扭過頭看清坐在馬上的為首之人時，卻面色青灰，一臉的不可置信。

那人策馬入宮，在燈火下熠熠生輝，讓人不敢直視。

他的聲音在宮城夜空迴盪，平定了今夜這場腥風血雨——

「恭迎新帝登基！顧言救駕來遲！」

這是個汴京城裡再平常不過的日子，趙氏抹著眼淚站在陸府外，望著從府裡往外搬東西的人，對那執行的大理寺官吏道：「大人，這事可、可還有通融的餘地？」

那吏員皺著眉，輕蔑掃了趙氏一眼。

「通融，到這時妳還不明白？陸夫人，這是有人要妳陸家的命。」

「誰，是誰？」趙氏愣在了原地。「我、我陸家一向與上交好，不會的，敢問大人是哪位……」

那吏員打斷道：「別問了，這人是妳得罪不起的人物。」說完，他掃了眼陸府，嘖了一聲。「現在別說是妳陸家了，就是滿朝文武怕都不敢招惹那位大人。」

趙氏身子搖晃了下，臉色慘白，猛然明白了些什麼，她扶住一旁的張娘子。

「走，我們去尋她，去尋她……」

可還沒邁開步子，一行人堵在趙氏和張娘子身前，兩人一抬眼，看著這些高大凶悍的差人。

「有人告發妳們買凶殺人，走一趟吧。」

「不、不是我……」

兩人被差人拖走，那呼喊聲也漸小，慢慢地消失在街角。

街上又恢復了平靜，對於百姓來說，這不過是上演了一場鬧劇，日子往後依舊會平平淡淡過下去。

舊帝發喪，新帝登基，這汴京著實亂了一段時日，入了冬，內閣頒布種種措施，整治朝中上下，除積弊改策，百姓的日子好過了些，這年關總算能鬆了口氣。

又到了那上元夜，宣政殿裡燈火通明，新帝沈著臉，本就一張長臉，此時更顯長了，他把手上摺子一放。

「去年邊關連續來犯，戶部報說國庫空虛，這稅收的事，諸位愛卿怎麼看啊？」

怎麼看？這新帝的意思無非是要徵稅嘛。

眾位大臣圈圈繞繞順著這層意思發表意見，又是免稅復收，又是調低入伍年紀，唯有一人緋衣玉身，立在燈下，不緊不慢道——

「聖人，按舊例逢災年是要免稅，若天子不重諾，必積民怨，況那點稅於國庫而言不過是杯水車薪，再說那徵兵就更是無稽之談，勞力走了，誰來耕種？諸公，在這裡說來說去，莫不是想給陛下平白落下個暴政的名頭？」

這話一出，朝堂眾人噤若寒蟬，皇帝點點頭。

「愛卿這話有理，於天下有功。」

那人微微俯身，緩聲道：「陛下，臣的功勞不算什麼，是陛下統御有道，與百姓同在，開繁華盛世之象，值此上元節，臣為陛下賀。」

聽聽，眾人咂舌，這得讓天下學子都學著點。

這顧首輔不愧是三元狀元郎出身，反正好話信手拈來，端的是高山流水，談笑風生間把事都做絕了。

帝王聽到這番話自是滿臉舒暢，有那大臣偷偷覷了眼那脊骨挺立的人，只瞅見那白玉無瑕的臉，生生打了個寒顫。

商量完政事，皇帝放大臣歸家看花燈，城牆上早就擠滿了好些達官貴人，雲娘坐在城牆上搭起來的閣子間裡，把玩著手裡的燈籠，這燈籠和其他燈籠不一樣，那燈映在燈罩上，自己噠噠地走，映著上面的山水，真覺得是暢遊天地一般，十分應景。

一旁有女眷湊過來好奇地問：「顧夫人，這是哪裡買的，瞧著挺精巧細緻，費了些心思。」

侍女笑了笑回道：「您不知道，這是我家大人花了好幾晚給夫人做的，連燈面都是大人親筆畫的呢。」

旁人驚嘆道：「呦，顧首輔那般人物還會做這個啊……」

話音將落，一個人登著階梯上來，他不用挑燈，自有人跟著他趨前跟後的挑燈，燈籠的光照亮他的身形，皎若雲間月，舉手投足間透著股溫潤矜貴。

禁軍開道，旁人匆匆讓開一條路，路遇官員縱使朝堂上黨派不合，恨這人恨得牙癢癢，也得俯身作深揖。

見顧言朝這邊閣子裡走來，女眷紛紛散去，雲娘獨坐在原地。

他撩起簾子仔細掃了眼上下，眉頭輕蹙，朝堂上的滿身寒氣盡散。

「整日喊著頭痛，怎麼不多穿些，免得回去了半夜不舒服。」

蕓娘努了努嘴。「出門的時候看天候還可以，誰知城牆上這般冷。」

顧言沒再多言，指尖碰了下她的臉側，蕓娘瑟縮了下脖子，他摁住金扣，解開大氅披在她身上，蕓娘只覺得那溫暖包裹著，還帶著些他的體溫和淡淡薰香，她笑盈盈仰頭望他，遠處煙火綻開，無數小小的光點碎開在眼裡，轉瞬即逝。

顧言微微垂首，看著她這副模樣道：「又在想什麼呢？」

蕓娘回過神。「想你我初見的時候。」

他微微垂眼。「我那時是不是很狼狽？」

她搖搖頭，仔細回憶道：「沒，若真論初見，要到前世了。」

「前世我是什麼樣子？」

蕓娘望著遠處，淡淡道：「就是這般，站在高牆之上，而我在城牆下躲在人群裡偷偷瞧你。」

煙火在遠處散開，映著兩人的眼，蕓娘輕輕抿嘴，露出梨渦淺淺，眼裡的笑意像是要滿溢出來了。

「好在這輩子遇到了，你這月亮還是被我摘下。」

顧言聽著這話，眼波含笑，只看著她不說話。

突地，雲娘像是想到了什麼事，她朝著簾外的人群一掃，拉了拉他的袖口。

「對了，自從你當上首輔後，那些夫人總是這個請我、那個請我的，還有那些送禮奉承的，又累又煩，我這幾天成日在想，不如我回村裡去？」

在朝堂上翻雲覆雨的顧首輔此刻一怔，眉毛一挑，不動聲色道：「回去做什麼？」

「養豬啊，我阿爹的房子也該修修了……」

雲娘掰著指頭還沒說完，面前人一挑眉，輕聲道：「作夢。」

「誒，顧言，你這是什麼意思？你可還欠我錢沒還呢，你得聽我的。」

「什麼錢？」

雲娘一聽這話，雙手插腰，眉毛豎起來，顧言這人八百個心眼，說話老是轉著圈，幸好她還留了一手。

她從懷裡掏出一本陳舊的帳本拍在他面前，正是那時在漳州城裡記錄的那本，她得意洋洋道：「帳本上清清楚楚寫著呢，顧言，你都當首輔了還想賴帳?!」

顧言翻了兩下那帳本，嗤笑一聲，將她帶到懷裡，捏著她的手，慢條斯理道：「雲娘，我的意思是妳這帳我怕是還不起，不如拿別的來抵吧？」

雲娘抵著他下巴，納悶道：「拿什麼？」

遠處的煙火炸開，他眉眼如畫，湊到她耳邊，噴出微微的熱氣。「妳看我怎麼樣？」

邂逅相遇，與子攜臧，這往後的故事還長著呢。

——全書完

2022年9月出版

娘子別落跑

文創風 1097～1099

從中醫世家傳人變成乾癟的小丫頭，還被賣進王府，這重生太套路了吧！
罷了，聽說她的新主子是個清心寡慾好打點的，自己又是心思純正，
只要安分上工、準時領錢，贖身出府的日子應該不遠吧……

丫鬟妙手回春志氣高，
少爺求婚追妻套路深 ／折蘭

中醫世家傳人卻得了絕症而亡，再睜開眼，成了一個京城牙行裡的小丫頭？
長得瘦瘦乾乾不起眼，怎麼一不小心也被睿王府挑進去當丫鬟，
兩個月後還被老夫人安排去了世子爺的院落當大丫鬟，升職也太快了吧？！
據說這位睿王世子幼時體弱多病，在白馬寺裡住到了十二歲才回府，
是個清心寡慾又喜靜的性子，可怎麼……跟她遇到的完全不一樣啊！
他不但半夜偷偷摸摸地回府治傷，行為又怪裡怪氣瞧不懂，
待她表面客氣，暗裡可是恩威並施，不早點出府還留著過年嗎……

2022年9月出版

全能女夫子

文創風 1095～1096

沒有金手指、沒有法寶或空間，
穿越過來的蘇明月，就是個平凡無奇的文科生。
那些偉大發明雖然她做不出來，但當個生活智慧王還是沒問題的——
不管吃的、用的、穿的，讀書寫字、強身健體，
只要有困擾，全能的她都有辦法解決！

妙筆描繪百味人生／滄海月明

一覺醒來發現自己穿越，成了個嬰兒，蘇明月十分無言。
不過她現在的確是有口難言，只能哇哇大哭，內心無比崩潰。
至於要怎麼當嬰兒她不太會，為了避免超齡表現被當妖孽，
她成天吃飽睡、睡飽吃，畢竟少說話少犯錯嘛。
結果裝傻裝過頭，被街坊鄰居當成傻子欺負，
這哪成？藉此機會教訓那群小屁孩一頓之後，她也不演啦！
從今以後，她要當蘇家聰慧的二小姐！
父親屢試不中，她想出模擬考這招，克服考試焦慮，順利上榜。
出外求學不知肉味？她提供肉鬆食譜，讓學子人人有肉吃。
發現問題再研究解決方法，成了蘇明月最大的樂趣，
靠著一架新式織布機，她成了大魏朝紅人。
可他們安分守己過日子，卻因昔日風光遭人嫉恨，
在毫無防備的狀況下，落進別人下的連環套……

2022年8月出版

旺仔小後娘

文創風 1089～1090

後娘又如何？有緣就是一家人。
從此有飯一起吃，有福一起享！

家有三寶，福滿榮門／藍輕雪

成親當天就得替戰死的丈夫守活寡，公婆還把三個孫子扔給她，說是歸她養?!
嫁入宋家四房當繼室的于靈兮徹底怒了，剛進門便分家，豈有這般欺負人的？
分明是看四房沒了頂梁柱，以分家之名行丟包之實，免得浪費家裡的銀錢和米糧。
既然三個孩子合自己眼緣，這擔子她挑下了，以後有她一口飯，絕少不了他們的，
幸虧她魂穿到古代前是知名寫手，乾脆在家寫話本賺銀兩吧，還能兼顧育兒呢！
可窮人的孩子早當家，為了一家四口的肚皮，三兄弟成天擔憂家計看得她心疼，
好在她寫的話本大受歡迎又有掌櫃力推，堪稱金雞母，分紅連城裡宅子也買得起，
養活三個貼心孩子根本不成問題，甚至讓他們天天吃最喜歡的糖葫蘆都行啊～～
孰料其他幾房見四房越過越紅火，竟厚著臉皮擠上門蹭好處，簡直比蒼蠅更煩人，
真當他們娘兒四個是軟柿子？不合力給那群人苦頭吃，她這護短後娘就白當了！

文創風 1110

撿到潛力股相公 下

國家圖書館出版品預行編目資料

撿到潛力股相公 / 晏梨著. --
初版. -- 臺北市 : 狗屋出版社有限公司, 2022.10
冊 ; 公分. --（文創風 ; 1109-1110）
ISBN 978-986-509-369-3（下冊 : 平裝）. --

857.7 111014672

著作者 晏梨
編輯 李佩倫
校對 吳帛奕
發行所 狗屋出版社有限公司
地址 台北市104中山區龍江路71巷15號1樓
電話 02-2776-5889～0
發行字號 局版台業字845號
法律顧問 蕭雄淋律師
總經銷 知遠文化事業有限公司
電話 02-2664-8800
初版 2022年10月
國際書碼 ISBN-13 978-986-509-369-3

本著作物由北京晉江原創網絡科技有限公司授權出版

定價260元
狗屋劃撥帳號：19001626
網址：love.doghouse.com.tw E-mail：love@doghouse.com.tw